CROESI
LLINELL

Mae'r nofel hon i'r criw ifanc, brith ar y trên, gan obeithio eu bod wedi medru cyrraedd noddfa.

CROESI LLINELL

Mared Lewis

Hoffwn ddiolch i'r rhai oedd ben arall y tecst – dach chi'n gwybod
pwy dach chi; i Ffion Pritchard am ei dyluniad clawr arbennig;
i Meinir am ei gwaith golygu sensitif ac am fod yn gefn i mi wrth
lywio'r nofel; ac i Dafydd am bob dim.

Er mai yn Nyffryn Nantlle lleolwyd y stori yn fras, cymerais ychydig
o ryddid i ddychmygu ambell nodwedd a lleoliad.

Argraffiad cyntaf: 2023
© Hawlfraint Mared Lewis a'r Lolfa Cyf., 2023

*Mae hawlfraint ar gynnwys y llyfr hwn ac mae'n
anghyfreithlon llungopïo neu atgynhyrchu unrhyw ran ohono
trwy unrhyw ddull ac at unrhyw bwrpas (ar wahân i adolygu) heb
gytundeb ysgrifenedig y cyhoeddwyr ymlaen llaw*

Cynllun a llun y clawr: Ffion Pritchard

Rhif Llyfr Rhyngwladol: 978 1 80099 353 2

Dymuna'r cyhoeddwyr gydnabod cymorth ariannol
Cyngor Llyfrau Cymru

Cyhoeddwyd ac argraffwyd yng Nghymru
ar bapur o goedwigoedd cynaliadwy gan
Y Lolfa Cyf., Talybont, Ceredigion SY24 5HE
e-bost ylolfa@ylolfa.com
gwefan www.ylolfa.com
ffôn 01970 832 304
ffacs 01970 832 782

PROLOG

MISOEDD YNGHYNT

Beth bynnag roedd Myfi Elias wedi disgwyl ei weld yn swyddfa cwmni adeiladu Joe Keegan, dim hyn oedd o. Ar sil y ffenest fawr a edrychai dros yr Albert Dock, safai mochyn bach pinc porslen. O edrych yn fanylach, daeth yn amlwg bod pob rhan o gorff y mochyn wedi eu dosrannu yn ddarnau bwytadwy, ac wedi eu labelu mewn du.

BACK FAT, LOIN, RIBS, JOWL, HOCK...

Rhythodd Myfi arno, a theimlo braidd yn sâl.

'Do you like our little piggy, then?'

Prin y gallai Myfi rwygo ei llygaid oddi ar y mochyn i edrych i wyneb mahogani tan ffug y dyn ei hun.

'Fascinatin', isn't it?' meddai, heb aros am ei hymateb. 'A butcher friend of mine gave it to me. To think we're all just bits of meat in the end. We can all just be segmented off. It concentrates the mind, tha'. Don't ya think?'

Pwysodd yn ôl yn ei gadair gyfforddus ac edrych ar Myfi am rai eiliadau, â rhyw hanner gwên yn chwarae ar ei wefusau. Yna eisteddodd i fyny, a gofyn yn harti,

'Cappuccino?'

Coc oen, meddyliodd Myfi. Neu goc mochyn! Roedd hwn wedi bod yn edrych ar ormod o ffilmiau, yn amlwg. Damiodd Gwen Parry, ei golygydd, unwaith yn rhagor am ei gyrru yma i sgwennu rhyw erthygl fach frolgar am faint oedd cwmni

Keegan wedi cyfrannu tuag at adnewyddu talpiau mawr o Lerpwl yn y blynyddoedd diwetha.

Roedd o wedi rhoi 'rhodd' reit sylweddol i goffrau'r *Journal* Dolig diwetha, ac er mai dim ond diwedd yr haf oedd hi rŵan, mae'n siŵr fod 'presant' Dolig arall gan Joe Keegan yn cyfrannu at awydd Gwen i ffalsio efo fo. Ymladd am ei fodolaeth oedd y *Journal* hefyd, felly roedd unrhyw noddwr yn werth ei faldodi, er fasa Gwen ddim yn cymryd y byd i gyfadda hynny. Integriti newyddiadurol, dyna oedd ei mantra a'i thiwn gron ers pan ymunodd Myfi efo'r papur gwpwl o flynyddoedd yn ôl, ac er gwaetha'r ffaith fod Gwen yn mynd dan ei chroen yn aml, roedd y gwerthoedd hyn yn rhywbeth oedd yn agos at galon Myfi hefyd. Ond gyda newyddion yn nodweddiadol brin ym mis Awst, doedd gan Myfi ddim llawer o le i wrthwynebu dŵad yma a sgwennu'i herthygl ganmoliaethus.

Roedd o wedi bod yn ddigon clên wedyn, chwara teg, ar ôl y sylw macabr cychwynnol. Cymerodd dipyn o ddiddordeb ym mro ei mebyd, gan ddweud fod ganddo atgofion braf am Butlins Prestatyn. Doedd hi ddim wedi trafferthu cywiro ei wybodaeth ddaearyddol, a nodi bod Dyffryn Nantlle gryn bellter o arfordir Gogledd Cymru.

Awr yn ddiweddarach, roedd hi wedi cael digon o fanylion i fedru sgwennu erthygl ddigon taclus fasai ddim yn rhy chwydlyd. Gadawodd Myfi swyddfa Joe Keegan, gan deimlo rhyddhad mawr wrth ei chael ei hun yn sefyll y tu allan eto ar balmant coblog yr Albert Dock.

WYTHNOS YN DDIWEDDARACH
Teimlodd Myfi'r gwlybaniaeth yn treiddio i'w sanau wrth iddi gamu i mewn i gysgodfa mynedfa adeilad urddasol y cwmni yswiriant. Roedd drws mawr pren yr adeilad ar gau, yn

naturiol, yr adeg yma'r nos, ond roedd yna ryw gysur rhyfedd mewn gwybod bod yna fywyd a phrysurdeb i mewn ac allan o'r gysgodfa ar ddiwrnod gwaith arferol. Ac nad oedd hi'n bell iawn o warchodfa.

Gobeithio nad oedd y diawl yn mynd i fod yn hwyr, meddyliodd. Dim yn fan'ma y basa hi'n dewis treulio ei nos Iau. Stampiodd ei thraed ar y llawr i geisio cynhesu, ond hefyd i geisio tawelu'r teimladau o ddifaru oedd yn lledaenu mor snec ond mor sicr â'r dŵr drwy ei sanau.

Ddyddiau yn unig wedi cyhoeddi'r erthygl frolgar am Joe Keegan, cafodd Myfi neges ddi-enw mewn amlen blaen ar ei desg. Roedd wedi edrych o'i chwmpas a holi pwy oedd wedi gosod yr amlen yno, ond ysgwyd pen yn ddifater wnaeth ei chyd-newyddiadurwyr, pawb â'i fys yn ei botas ei hun. Doedd ei ffrind Ed ddim yno ar y pryd, wedi mynd ar ôl hanes rhyw gymdoges flin oedd yn codi gwrychyn pawb o'i hamgylch gydag ymddygiad anghymdeithasol y hi a'i chŵn Alsatian swnllyd. A fasai o ddim wedi cael cyfle i ddŵad i'r swyddfa cyn mynd draw at y ddynes, felly fasai hi ddim haws o'i ffonio.

Agorodd Myfi'r amlen yn rheibus.

Want 2 know real story abt J Keegan?

Geiriau moel mewn llawysgrifen blentynnaidd. Roedd rhif ffôn ar ôl y neges. Dim enw.

Roedd Myfi wedi edrych o'i chwmpas eto, ond roedd pawb dal yn brysur ar y ffôn, yn teipio, neu geg yng ngheg mewn sgwrs efo rhywun arall.

Y genadwri gyffredinol oedd i drin *tip offs* dienw gyda gofal, yn arbennig y rhai oedd yn awgrymu cyfarfod yn y cnawd. Doedd Lerpwl ddim yn brin o ddrwgweithredwyr, fel pob dinas arall, ac roedd yn bwysig cwestiynu cymhellion unrhyw un oedd yn camu allan i daflu baw at rywun arall.

Roedd cenfigen, cariad wedi ei wrthod a diawledigrwydd yn aml yn chwarae eu rhan. Ond dyma'r tro cynta i Myfi dderbyn unrhyw beth oedd yn ymylu ar fod mor gyffrous â'r neges fach yma, ac roedd y ffaith fod Joe Keegan yn cael ei enwi yn uniongyrchol yn cosi ei chwilfrydedd fwy fyth. Doedd hi ddim wedi bod yn gwbl gyfforddus efo naws yr erthygl wreiddiol, er fod Gwen Parry wedi bod yn bles iawn efo hi. Meddyliodd eto am y mochyn porslen pinc. Os oedd hi'n newyddiadurwr gwerth ei halen, meddyliodd, oni ddylai hi fynd yn ddyfnach i mewn i stori'r dyn busnes llwyddiannus, hyd yn oed petai'n troi allan yn dipyn o dân siafins? Pa ddrwg fyddai o leia iddi glywed beth oedd gan 'Dai Dienw' i'w ddweud am Joe Keegan? Ac mi fyddai Gwen Parry yn siŵr o gymeradwyo ei hawydd i fynd dan groen stori a thrio canfod a oedd 'na fwy iddi.

Ac felly dyma hi, yn cysgodi mewn portsh, a'i sanau'n socian. Dim ond rŵan y dechreuodd feddwl ella dylai hi fod wedi dweud wrth Ed o leia lle roedd hi'n mynd, rhag ofn i awdur y llythyr ymosod arni a'i gadael yn hanner marw mewn rhyw stryd gefn, a neb efo Obadiah lle roedd hi. Ond atgoffodd ei hun eto fod ganddi ddigon o sens i awgrymu cyfarfod ar stryd lydan agored oedd yn eitha agos at fynd a dŵad y byd, er bod y stryd yn teimlo'n ddigon anghysbell ar noson oer o hydref. Byseddodd y ffôn symudol yn ei phoced, a theimlo ychydig yn saffach.

'You that Moovee? Who wrote that thing?'

Dychrynodd o glywed y llais wrth ei hymyl, gan fod Myfi wedi bod yn syllu i'r cyfeiriad arall, a heb glywed unrhyw un yn agosáu. Roedd perchennog y llais wedi symud o'r cysgodion, ac yn sefyll o'i blaen rŵan, a'i hwd wedi ei dynnu'n dynn dros ei phen, gydag un stribyn o wallt melyn wedi dianc.

'Yes,' atebodd Myfi, a'i llais yn gryg. 'I'm Myfi from the *Journal*.'

'Few things you should know about him,' meddai, a daeth yn fwy amlwg byth mai dynon ifanc oedd yn sefyll o'i blaen. 'You can buy me a coffee if you want.'

***

Roeddan nhw wedi ffeindio caffi bach oedd ar agor yn hwyr, un hen ffasiwn a'r decor o'r pumdegau go iawn, nid rhyw fath o ffasiwn *kitsh*. Roedd y ffenestri wedi stemio, a phrin fod rhywun yn medru gweld i mewn nac allan. Hen Eidalwr mwstashog oedd y perchennog, a'i ffedog wen lân yn awgrymu nad oedd 'na lawer o fusnes wedi bod yno y diwrnod hwnnw. Ar y waliau roedd lluniau o'r Eidal, a'r lliwiau wedi hen bylu arnyn nhw, ac ambell ddywediad bach cysurlon athronyddol cawslyd wedi eu fframio'n ofalus uwch y cownter.

Eisteddodd y ddwy wrth ymyl bwrdd bach crwn, yn ddigon pell o'r ffenest ac eto'n ddigon pell oddi wrth yr hen Eidalwr, rhag ofn bod hwnnw'n un busneslyd ac yn dallt mwy o Saesneg nag roedd o'n honni. Roedd yr hogan fel dryw bach o nerfus drwy'r amser, gan gadw'i hwd wedi ei dynnu dros ei phen, er bod y caffi yn glyd ac yn gynnes. Siaradodd yn frysiog, fel tasai amser yn brin, gan regi pob yn ail air a thaflu ei golygon at y drws ar ddiwedd pob brawddeg.

Er bod gan Myfi ei llyfr nodiadau yn ei phoced, teimlai nad oedd yn briodol i'w dynnu allan a sgwennu ynddo, rhag tynnu sylw a dychryn mwy ar y dryw bach.

Bu'r ddwy yn siarad am hanner awr, a chroen wedi dechrau ffurfio ar wyneb coffi'r ddwy. Ni chrybwyllwyd enw Joe Keegan yn uchel, ond o be roedd yr hogan yn ei ddweud, roedd ei ymerodraeth yn ymestyn yn llawer pellach na'r byd adeiladu. *Façade* oedd y cwmni adeiladu ar gyfer busnes llawer mwy tanddaearol a phroffidiol, er nad oedd y ddynes yn fodlon ymhelaethu. Ond roedd cyffuriau caled yn y gymysgedd, meddai hi, oedd ddim yn syndod. Roedd Keegan yn rhedeg rhannu helaeth o'r ddinas, meddai, a sawl sefydliad a pherson pwysig yn ei boced.

'He's the King Pin, that one,' meddai. 'Thinks he's God! Then when I saw that thing you wrote, it made me wanna puke!'

Teimlodd Myfi ychydig o embaras ei bod wedi cael ei swcro i sgwennu'r fath beth. Syrthiodd cudyn tywyll o'i gwallt o'i phoni-têl, a chlymodd o y tu ôl i'w chlust cyn pwyso ymlaen.

'But why are you telling me this?' gofynnodd Myfi, cyn iddi ddechrau mynd i hwyl. 'Why don't you go to the police with what you suspect about him?'

Chwerthin wnaeth hi ar hynny, gan ddangos rhesiad o ddannedd rhyfeddol o wyn a syth. 'I'm not going near the Bizzies! We're not... the best of pals, if you get me. Don't trust any of 'em gobshites. And anyway, I don't suspect, I know what he's like!'

'So why trust me?'

Codi ei sgwyddau wnaeth hi. 'I used to go to Rhyl. When my Mum was alive. Me and my brother and me Dad. Best holidays ever. Sandcastles on the beach. It was dead nice. Fun, you know? Your name, Moovee, it's Welsh isn't it?'

Nodiodd Myfi. Nid dyma'r amser am wers ynganu. 'Short for Myfanwy,' meddai, gan dynnu wyneb, a chwarddodd yr hogan am eiliad eto, cyn difrifoli ac edrych eto i gyfeiriad y drws.

'And my brother…' meddai wedyn. 'My brother would still be alive if it wasn't for that bastard.'

Syllodd Myfi ar y baned o goffi o'i blaen, yn ofni mentro edrych i fyw llygaid yr hogan ar ôl iddi ddweud hyn.

'Just write your article. Delve a bit more and look in to it, will you? That's your job isn't it? Writing the truth? And then publish what you have. That's all. Then let the Bizzies take over.'

'Can I meet you again? To firm up any information?'

Safodd yr hogan ar ei thraed fel tasai Myfi wedi rhoi peltan iddi.

'No, no not again, Moovee. We're not meeting up again. And delete my number. Please. You've had your tip off. That's all you're getting from me.'

Nodiodd Myfi eto. Damia.

'Delete it. Do it now, Moovee.'

Safodd yr hogan yno wrth i Myfi ymbalfalu am ei ffôn, ffeindio rhif yr hogan a phwyso'r botwm i'w ddileu. Dangosodd Myfi'r sgrin iddi. Nodiodd yr hogan, heb ymateb.

'I hope you do it, Moovee. He needs locking up, him and those bastards that work under him.'

Ac ar hynny, amneidiodd yr hogan unwaith eto, cerdded at y drws a diflannu allan i'r nos, heb edrych yn ôl.

Prin 'mod i wedi sylwi arni hi o'r blaen. Ddim o ddifri. Ddim… fel hyn. Cip o wallt euraid yn diflannu rownd cornel. Cip o ddireidi. Cip o… wahoddiad.

Wnes i ymateb, wrth gwrs. Sut oedd modd i rywun beidio? Ymateb mewnol, cyfrin, oedd o, ond roedd hi'n ei weld. O, oedd. Roedd hi'n dallt. Yn aeddfed yn y pethau yma. Yn Efa. Wedi chwarae'r gêm o'r blaen.

Sut oedd posib pwyso a mesur be i neud?

Mewn bywyd llawn ystyriaethau call, mae yna edrychiad, mae yna chwerthiniad, sy'n sleifio o afael rhesymeg, yn llithro oddi wrth unrhyw ymgais i'w ddal a'i ddirnad. Yn gadael argraff ar y gwynt, yn gadael llais yn stwyrian yn y brigau moel.

Yn gadael dim.

Ond yn gadael popeth.

Sut fedrwn i fod wedi gwrthod?

1

'Iesgo, dwi'n caru'r ddinas 'maaaa!'

Taflodd Myfi ei breichiau ar led, fel petai hi'n ceisio cofleidio Lerpwl gyfan ar unwaith, gan simsanu rhyw fymryn wrth wneud. Ella bod y coctel ola yna wedi bod yn gamgymeriad.

Edrychodd ar Ed, oedd yn syllu draw ar draws yr afon at Benbedw, a'i gefn mawr llydan ati hi. Roedd y goleuadau yn sêr euraid isel, yn wincio ar y ddau ohonyn nhw, yn pryfocio.

'C'mon, Ed, soft lad! Let's go swimming!'

'Do one, you divvy! Who swims in the Mersey, eh? It's time to head back, before you do some damage and end up on our front page!'

'It'd make a bloody change from the usual tedium!' meddai Myfi wedyn, a theimlo'i thraed yn brifo mwya sydyn. Tynnodd y sgidiau uchel a theimlo'r llechi oer braf dan draed.

'C'mon, just a dip! Just a little splash and I'll go home, I promise!'

'Well I'm headin' home anyway. You can't go swimming in the Mersey, you don't know what you'll catch! I'll take you over to Formby of a weekend again if you like. We had a laugh last time, didn't we?'

'Bloody Scouser!' meddai, a chwarddodd y ddau. 'Don't have any proper beaches!'

Roedd hi wedi hen arfer efo rhagfarn ar y ddwy ochr pan benderfynodd symud i fyw yma o Nantlle, fel petai'r ddau le yn tipyn mwy nag awr a hanner oddi wrth ei gilydd. Roedd cyfandir o wahaniaeth wrth gwrs, yn ieithyddol ac yn ddiwylliannol, ac eto, roedd anian glên a chyfeillgar y Sgowsars yn teimlo'n hynod o gyfarwydd. Ac roedd Ed yn teimlo'n fwy cyfarwydd na neb arall, yn union fel petai'n ffrind bore oes yn hytrach nag yn gyd-weithiwr ers dwy flynedd.

Fe weithiodd geiriau Ed a'r addewid i gael treulio oriau ar draeth tywodlyd Formby, a phenderfynodd Myfi beidio ceisio mynd i drochi yn ei ffrog barti heno.

Cerddodd y ddau ymlaen linc di lonc ar hyd y gwastadedd braf oedd wedi trawsnewid yr ardal rhwng y Liver Building, adeilad mawreddog y cwmni llongau Cunard, a Dociau Albert, diolch i'r grantiau ddaeth yn sgil dewis Lerpwl fel 'Dinas Diwylliant' yn 2008. Doedd dim modd gwadu bod y buddsoddiad wedi rhoi rhyw rin Ewropeaidd i ardal y dociau, a'r crachacheiddio yma wedi bod yn fodd o ddenu ymwelwyr fyddai wedi troi eu trwynau ar y rhan yma o ddinas Lerpwl cyn hyn.

'You'll feel it tomorrow, girl!' meddai Ed, wrth iddyn nhw dramwyo ar hyd y promenâd, yng ngolau'r lampau modern, tal. 'Haven't seen you this bevvied for ages!'

'Do's uffar o ots gin i! It'll be worth it! It's about time Gwen Parry gave me a bit of credit for my work. Girl power, my arse! Hen gnawas! The only person she usually wants to big up is herself!'

Wedi wythnosau o waith ditectif, roedd Myfi wedi dechrau dod o hyd i ambell beth reit ddiddorol am ymerodraeth Joe Keegan, ac wedi cyflwyno drafft cynnar o'i darganfyddiadau i Gwen fore Gwener. Doedd hi ddim wedi clywed gair yn ôl ganddi eto, ond roedd hi'n siŵr y byddai Gwen yn falch o'r ffaith fod Myfi wedi cael y cymhelliad i ddilyn stori ddifyr fasai o bwys i'w darllenwyr.

'You and your top secret mission!' meddai Ed. 'Though I like the sound of calling Gwen 'hen gnawas'. Good, that! Whatever it means, I know it's not nice!'

Chwarddodd y ddau yn afresymol o uchel.

Doedd Myfi ddim yn siŵr pam nad oedd hi wedi rhannu union natur ei herthygl efo Ed eto. Roedd yna rinwedd mewn cael y rhyddid i weithio ar rywbeth cyfrinachol weithiau, rhyw *frisson*. Ac ella'i bod hi isio bod yn siŵr ei bod ar y trywydd iawn cyn dechrau siarad gormod am y peth. Fe ddeuai'r amser yn ddigon buan, unwaith roedd Gwen wedi rhoi sêl ei bendith, meddyliodd.

Erbyn hyn, roedden nhw wedi cyrraedd Pier Head. Un o nodweddion mwya diweddar y trawsnewidiad oedd y cerfluniau efydd o feibion enwoca Glannau Mersi, wedi eu rhewi am byth mewn ystum o ieuenctid braf.

Plethodd Myfi ei braich am fraich Paul McCartney ar y pen. Estynnodd ar flaena'i thraed i geisio plannu sws ar ei foch, a methu. Chwarddodd ar ei gwiriondeb ei hun.

Be fasai Elliw yn feddwl o'i chwaer fawr 'gall' y funud yma, meddyliodd Myfi, a theimlo rhyw bwl sydyn o hiraeth fel lwmp yn ei gwddw.

'First one ever to do that, kid! Not!' meddai Ed, gan ysgwyd ei ben. 'Still think they're bloody ugly!' Yna mewn curiad, meddai, 'We goin' home or what?'

Wrth igam-ogamu efo Ed yn ôl i gyfeiriad ei fflat, dechreuodd Myfi deimlo'r oerfel yn cau amdani. Doedd hi ddim yn arfer bod allan mor hwyr â hyn, dcud y gwir, ac er ei bod yn ddynes ifanc sengl yn ei hugeiniau hwyr, roedd crwydro strydoedd ar ôl sesh yn dechrau colli ei apêl.

Os digwyddai daro ar rywun mewn bar neu ar ddiwedd noson mewn bwyty, yna roedd cam i mewn i dacsi yn ffeirio un clydwch am glydwch arall, a'r simsanu i fyny grisiau'r fflat am y gwely rhywsut yn un rhuban cyfforddus, heb i elfennau natur feddu dim arni.

Sobrwyd hi gan yr oerni, felly erbyn iddyn nhw gyrraedd tu allan i ddrws y fflat, ac i Ed annwyl foesymgrymu'n Am-Dram i gyd ar y palmant tu allan, roedd hud y noson eisoes wedi dechrau gwisgo'n denau.

Un troad. I'r chwith yn lle i'r dde. Chwith. Chwithdod. Mynd ffordd yma ar hyd y mynydd yn lle'r ffordd arall. Tywydd braf yn lle glaw. Yr awel yn cosi 'ngwar i. Yn cosi ei gwallt…

Aros yn hirach yn lle mynd. Gwenu yn lle nodio pen cwrtais.
Gwenu. Closio. Gafael ynddi. Yn lle… Mynd.

Mi faswn i 'di medru stopio. Mi faswn i 'di medru gwrthod, a throi'r ffordd arall. Yn fy mhen wedyn, dyna dwi'n neud. Ailchwarae'r peth a deud 'na' wrthi hi, troi 'nghefn a chychwyn i lawr y mynydd at y pentra, a'i siom yn drwm ar fy nghefn.

Ar ôl iddi fynd, mi wnes i aros yno ar y mynydd, yn blasu ei chroen eto ar fy nhafod, yn teimlo pwysau ei phen ar fy mrest. Mi fydd hi'n hwyr i'r ysgol, dyna ddeudodd hi, a Maths gynni hi ar ôl cinio.

'Paid,' medda fi.

Paid â mynd. Paid â dŵad â'r byd i mewn i be sgynnon ni.

Ac ella hefyd, paid â'n atgoffa fi. O be wyt ti.

Roedd hi wedi bod efo rhywun o'r blaen, roedd hynny'n amlwg. Mwy nag un, ma siŵr. Ffrindia efo manteision, ai dyna'r term erbyn hyn? A rhywsut roedd hynny'n rhan ohono fo. Yn rhan o'r apêl. Ei bod hi wedi agor ei hun i rywun arall a rŵan yn medru agor ei hun i mi. Yn dewis fy nhynnu i mewn i'w chylch.

Ac wedyn mi ddaeth yr euogrwydd. Yr hen gnoi yna oedd yn deud bod hyn ddim yn iawn. Ac y dylwn i gadw'n ddigon pell. Byth eto. Roedd o wedi digwydd rŵan, ond byth eto.

Ddim efo hi.

2

Doedd Myfi ddim wedi credu mewn ffawd tan y funud honno. Ond o'r eiliad y clywodd ddrws Gwen y golygydd yn cau'n ddisymwth y tu ôl iddi, daeth y cryndod a'r blipian di-serch o'i ffôn.

Edrychodd i fyny ac i lawr y coridor cul, a'r prysurdeb 'o bell' oedd yn arfer ei chyffroi wrth iddi gerdded i lawr y coridor yma, yn ei gadael yn wag heddiw.

Symudodd ei llaw at boced ei siaced a glanio ar ei ffôn gan ei fflicio ymlaen yn ddeheuig, a gweld bod ei thad wedi gadael neges. Blydi grêt! Ar ben bob dim! Wel, fe gâi aros. Roedd heddiw wedi dod â digon o helynt yn ei sgil yn barod, a doedd hi ddim eto'n amser cinio.

Chwarter awr ynghynt roedd hi wedi bod yn swyddfa Gwen, fel disgybl ysgol yn disgwyl ffrae. Er bod Gwen wedi ei gwahodd i mewn yn ddiamynedd, roedd hi'n amlwg ar ganol sgwrs bwysicach ar y ffôn, ac wrth siarad edrychai dros ei sbectol goch ar Myfi fel petai hi'n edrych ar ornament. Edrychodd Myfi drwy'r ffenest ar yr adeiladau tal gyferbyn â swyddfa'r *Journal*, ar y sleisen o fywyd gwaith pobol eraill a welai drwy'r ffenestri hirsgwar. Dechreuodd ansicrwydd gronni yng ngwaelod ei bol.

Ymhen hir a hwyr, diffoddodd Gwen yr alwad a thynnu'n ddwfn ar y sigarét *vape* a gadwai fel cyffur yn nrôr top ei desg. Allai Myfi ddim llai na sylwi bod angen i Gwen roi sylw i'r gwreiddiau gwyn oedd wedi tyfu hanner modfedd yn y gwallt pinc pigog.

'Amser ffwrdd sy isie, yndê, Myf?' yn ei hacen Wrecsam gysurus. 'Amser ffwrdd.'

'Ond pam?' holodd Myfi.

'Mae'n gneud byd o les weithie, ti'n gwbod. Byd o les... Tjarjio'r batris, wsti.'

'Dwi ddim angen ailtjarjio dim byd, Gwen! Dwi'n agos iawn at ffendio rwbath! Dwi 'di bod yn gweithio ar y stori 'ma ers wythnosau rŵan, a ma llygredd Joe Keegan yn mynd yn ddyfnach na 'sa ni rioed 'di feddwl. Dwi mor, mor agos, Gwen!'

'Rhy blydi agos!' Edrychodd Gwen arni, ac yna meirioli gyda gwên. 'Rhy agos, falle, ie? Angen camu'n ôl, yndê. Cael persbectif.'

Rhythodd y ddwy ar ei gilydd cyn i Gwen gario mlaen.

'Ti'n atgoffa fi cymaint ohona i'n hun pan ddechreues i fel hac, sti. Twtsh yn... naïf ella, ia? Trwyn am stori, ac yn gweld dim pellach na hynny weithie. Ddim yn gweld y... cyd-destun, ie? Y darlun mawr, yndê!'

'Sa'm byd naïf yn yr erthygl 'na, Gwen!'

'Wel, oes, Myfi. Sgen ti fawr o dystiolieth ene. Rhyw honiade digon... niwlog yden nhw, yndê?'

'Ond dwi'n enwi dau ne dri o fusnese bach 'dan ni'n ama sgin Keegan ei fys ynddyn nhw! Y parlwr tatŵs yna ar Penny Lane, y lle gwinadd oddi ar Bold Street... Gwyngalchu pres! Money laundering! Busnes bach diniwed yn ffrynt ar gyfer, wel, cyffuria ma siŵr, yndê?'

Chwarddodd Gwen, a thinc o wydr miniog yn y sŵn.

'Ame!'

'Sori?'

'Ame, dyna ddudest ti! Heb dystioleth! Blydi stori tylwyth teg!'

'Ond ma raid i mi warchod fy ffynonella, ma hynny'n sylfaenol, dydy o ddim? Mewn rhywbeth fel hyn!'

Sugnodd Gwen eto ar y sigarét smal efo un llaw, a chwifio'r llaw arall yn ddiamynedd, fel tasai hi'n chwifio pry o'r ffordd.

'Myfi! Gwranda arna i. Ma'r holl beth yn darllen fel… prosiect chweched dosbarth, os ti isio i fi siarad yn blaen efo ti!'

Syllodd Myfi, a theimlo'r gwrid a'r cynddaredd yn cyniwair.

'Prosiect chweched dosbarth!' adleisiodd Myfi o'r diwedd, a'i llais yn rhyfeddol o hunanfeddiannol.

'Ie,' meddai Gwen, gan eistedd i fyny yn ei sêt. 'A does 'na'm ffordd yn y byd y medren ni gyhoeddi rhywbeth fel'na yn y *Journal*! Mi fasen ni'n destun sbort rownd dre 'ma. A dene ddiwedd arni!'

Sylloddy ddwy ar ei gilydd, fel tasen nhw'n cael cystadleuaeth pwy oedd am ildio gynta.

Myfi enillodd. Safodd Gwen a mynd at y ffenest, a'i chefn at Myfi.

'Ti 'di siarad hefo rhywun yn yr offis am hyn?'

'Naddo.'

'Ddim hyd yn o'd Ed?'

Ysgydwodd Myfi ei phen. 'Naddo.'

Trodd Gwen yn ôl, ac edrych arni.

'Bach o bellter. Dyna sydd isio arnat ti, Myfi . Rŵan, ma gin i gyfarfod arall, sori.'

'Dwi'n cael y blydi sac?'

'Duw, duw, nag wyt, dim sac! Ti'n sgwennwr rhy dda i hynny! Fel arfer! *Gardening duties,* dyna ma'r *politicians* yma'n ei alw fo, yndê? *Gardening duties*? Dim ond tan i chdi ga'l bach o bersbectif ar betha. Newid aer…'

'Fedra i ddim jyst aros yn y fflat?' protestiodd.

Treulio mwy o amser efo'r teulu, meddyliodd Myfi, a dyna eironig oedd hynny, a hitha'n gwneud y cwbwl fedrai hi i gadw'n glir oddi wrthyn nhw.

'Mynd o Lerpwl ydy'r peth calla i ti am y tro. Gwylia bach 'nôl yn y wlad.'

'Am faint?' Doedd dim pwynt dadlau ymhellach efo hon, roedd hi fel ci efo asgwrn, meddyliodd Myfi. 'Am faint dach chi isio fi o'r ffordd?'

'Mis ne ddau falle? Nes i bethe farw lawr, ie? Gei di gyflog, cofia di. Ac ella fedri di gael rhyw stori efo ongl wahanol i ni o'r *sticks*. Sut ma'r Sgowsars yn setlo yng Ngogledd Cymru, be ydy'r heriau, be ydy'r croeso maen nhw'n ga'l gin y Cymry, ella? Oes 'na arferion newydd yn cael eu cyflwyno i'r gymdeithas Gymraeg yn sgil y mewnfudo 'ma? Rhwbath ysgafn...'

A dyna ni. Dau fis o anialwch yn ei haros. Pwysodd yn erbyn wal y coridor a chau ei llygaid. Blydi grêt! Blipiodd ei ffôn drachefn. Gwgodd Myfi arno cyn clicio ar y neges a syllu ar y geiriau oedd yn ei haros gan ei thad:

TYD ADRA. ELLIW AR GOLL.

Ac yna'r ail neges:

OS FEDRI DI?

Cyn iddi gael cyfle i feddwl ymhellach, rhwygwyd drws y brif stafell newyddion ar agor gan chwydu allan sleisen o barabl prysur y swyddfa i'r coridor gwag. Daeth Ed allan, a'i gardigan yn bradychu olion briwsion ei frecwast.

'You made it to work, then. Heavy night, that! Ya been to see her Majesty or waiting to go in?'

'Oh, yes! I've been in all right!'

'And how was it? Did she like what you'd written?'

'Well, let's just say I'm off home for a while, Ed, that's all. Decommissioned for a bit.'

'What d'ya mean? You been sent out to the wilds of Wales? What the hell did you write?'

'Long story, Ed. I'll have to tell you some other time. And I've got some… family drama to attend to at home, anyway. Perhaps this has come at the perfect time.'

'But take care, ok? Take all the time that you need. This bloody rag'll still be here when you come back, our kid, and us with it.'

'Diolch, Ed. I'm looking forward to it, to be honest! Be nice to breathe in some proper air for a bit!'

'Ok, y gnawas!' meddai Ed yn ôl, ac agorodd ei freichiau allan fel petai ar fin canu aria. Camodd hithau i mewn i'r goflaid annwyl oedd yn drewi o hen chwys.

3

Roedd y trên yn hanner llawn pan gychwynnodd ar ei thaith o orsaf Lime Street, ond llwyddodd Myfi i gael nyth i'w chês yn ddigon didrafferth, er gwaetha'i faint. Pan oedd wedi cyrraedd yn ôl yn ei fflat amser cinio, roedd hi wedi pendroni am seis y cês y dylai fynd adra efo hi. Am faint fyddai hi'n gorfod aros cyn i Elliw benderfynu stopio chwara sili bygars a dychwelyd, â'i chynffon rhwng ei choesau? Roedd mynd adra Dolig neu dros y Pasg yn haws achos roedd yna strwythur pendant i'w harhosiad, a therfyn i'r peth. Ond roedd y tro yma'n wahanol. Roedd hi wedi cael ei gorfodi i fynd adra am ychydig gan y blincin Gwen 'na!

Yn y diwedd, roedd wedi setlo ar bacio digon am ryw wythnos, a thrio gwisgo'r un peth sawl gwaith, rhywbeth fyddai'n anathema ymhlith ei chydnabod mewn dinas ifanc fel Lerpwl. Fyddai neb o gwmpas adra yn poeni.

O dipyn i beth, wrth i'r trên wibio tua'r gogledd-orllewin, dechreuodd y cast o'i chwmpas newid, wrth i bobol adael a chyrraedd ei cherbyd. Erbyn cyrraedd Prestatyn, roedd y seti o'i chwmpas yn eitha gwag, a doedd gan Myfi mo'r difyrrwch o syllu a dyfalu natur bywydau pobol eraill a throi am i mewn. Docdd dim posib dirnad yn llwyr sut stad oedd ar ei thad o'r tecst byr yr oedd wedi ei gael ganddo, ond roedd o wedi estyn amdani hi, dyna oedd y peth pwysicaf. A chan ddyn oedd yn gwrthod cydnabod unrhyw wendid na dibyniaeth ar neb, roedd hynny'n ddigon am y tro.

Yn sydyn, achosodd rhyw gythrwfwl i Myfi droi ei phen oddi wrth yr olygfa wibiog drwy'r ffenest. Roedd criw o bobol ifanc yn eu harddegau wedi llifo i mewn o'r cerbyd drws nesa, ac yn llawn eu sŵn a'u ffwdan. O edrych arnyn nhw, doedden nhw ddim yn llawer hŷn na phedair ar ddeg neu bymtheg, yn sicr o'r oedran lle dylent fod mewn ysgol yn hytrach nag yn malu awyr yn swnllyd ar drên yn eu jîns a'u hwdis, a hynny dechra'r pnawn. Dyma benderfynu eistedd ger dau fwrdd gyferbyn â'i gilydd, y rhai agosa at y drws. Eisteddai'r hogia a'u coesau ar led, yn ymarfer eu gwrhydri dynol, ac eisteddai'r genod o'u cwmpas, un â'i phen ar ysgwydd y llall, a'r llinellau *kohl* du rownd eu llygaid yn ymgais i herio eu hieuenctid a'u diniweidrwydd. Roedden nhw'n eistedd yn rhy bell i Myfi fedru deall yn union be oeddan nhw'n ei ddeud, ond roedd y cyffro a'r adrenalin yn amlwg o'u lleisia a'u symudiadau.

Er bod chwilfrydedd newyddiadurol Myfi yn cael ei gosi gan y criw a'u sefyllfa, a'r berthynas oedd ganddyn nhw ymysg ei gilydd, roedd hi'n falch o'u gweld yn codi o'u seti wrth i'r trên arafu yng ngorsaf y Rhyl. Llifodd y giang allan o'r trên efo'r un stŵr, ac anelu yn bwrpasol tuag at yr allanfa.

Cyn iddi gael cyfle i'w dilyn ymhellach efo'i llygaid, daeth aelod o staff y rheilffordd i mewn i lle roedden nhw'n eistedd. Dyn bach byr oedd o, efo mwtsásh fel brwsh dannedd dan ei wefusau main. Roedd o ar y ffôn efo rhywun ac yn deud eu bod nhw wrthi'n gwneud eu ffordd at y maes parcio rŵan, tair merch a dau fachgen…

★★★

Lai nag awr yn ddiweddarach, gosododd Myfi ei chês yn drwm ar blatfform stesion Bangor, a theimlo hyrddiad o wynt oer yn cylchu ei fferau. Stesion Bangor. Doedd hi ddim wedi newid ers iddi fod yma ddiwetha, ac yr un mor ddienaid ag erioed. Roedd cyn-gariad iddi hi'n arfer dweud mai rhyw lefydd felly oedd pob gorsaf, llefydd o ffai weliu ac o groesawu, ond bod rhyw wacter oer yn loetran yn y munudau ar blatfform gwag rhwng pob trên, oerni nad oedd byth yn gadael.

Estynnodd am ei ffôn a deialu rhif adra, fel yr oedd ei thad wedi ei siarsio i wneud. Roedd hi'n teimlo'n un ar bymtheg eto, yn dibynnu ar ei rhieni am lifft. Mi fasai pethau wedi bod yn llawer haws petai hi wedi medru dŵad adra mewn car, ond dyna fo. Prin oedd hi'n colli'r car yn Lerpwl, deud y gwir, a phob dim o fewn pellter cerdded, bws neu dacsi. Ond mi fasai wedi bod yn braf iddi gael dŵad yma dan ei stêm ei hun, er mwyn medru gadael pryd fynno hi hefyd.

Lapiodd Myfi ei chôt yn dynnach amdani wrth wrando ar y sŵn canu grwndi ar ei ffôn wrth ei chlust. Edrychodd i lawr eto ar ei chês. Oedd o'n rhy fawr? Yn gyrru'r neges anghywir?

Gadawodd i'r ffôn ganu yn hwy nag oedd rhaid er mwyn sefydlu nad oedd neb yn mynd i ateb. Daeth aelod o staff heibio iddi yn ei lifrai, a chynnig hanner gwên iddi wrth basio: un arall wedi cael ei gadael. Un arall wedi cael ei hanghofio.

Gafaelodd yn ei chês gyda phenderfyniad, a dechrau ei gario mor osgeiddig ag y medrai tuag at faes parcio'r orsaf. Lle ddiawl oedd o? Sut oedd ei thad ei hun wedi medru anghofio ei bod hi'n dŵad adra heddiw, ac yntau'r un oedd wedi gyrru neges iddi neithiwr fod angen iddi hi ddŵad adra? Ei fod o ei hangen hi.

Elliw oedd y gair hud, wrth gwrs. Y chwaer fach oedd yn medru troi pawb o gwmpas ei bys bach erioed, ac oedd yn medru gwneud yn union yr un fath rŵan, yn un ar bymtheg oed. Roedd Elliw wedi mynd, wedi diflannu ers dwy noson, ac roedd o'n dechrau cyrraedd pen ei dennyn, medda fo, ddim yn gwybod lle i droi nesa er mwyn dŵad o hyd iddi. Sut yn y byd oedd Myfi yn mynd i fedru gwrthod yr ymbil hwnnw? Er ei bod yn amau mai aros efo rhyw ffrind oedd Elliw ac wedi anghofio sôn

Straffagliodd at y fynedfa, a gweld fod rhes o gardiau rhifau tacsi wedi eu gosod ar yr hysbysfwrdd. Dewisodd rif tacsi a ffonio, a chael gwell lwc y tro hwn wrth i hogan ifanc glên ei chyfarch yn ddwyieithog y pen arall. Ymhen pum munud, roedd hi'n eistedd yn gyfforddus yng nghefn rhyw hen Mercedes, yn edrych ar dai lliwgar Bangor Uchaf yn gwibio heibio'r ffenest. Buan iawn yr ildiodd yr olygfa i wyrddni cefn gwlad ac yna garwedd mynyddoedd Dyffryn Nantlle, a chyda hynny dechreuodd bol Myfi droi.

Nadreddodd y ffordd gul i fyny'r llethr cyn cyrraedd tro yn y ffordd, ac adwy ddigon blêr yr olwg. Siaradodd y dyn tacsi am y tro cyntaf ers iddyn nhw adael Bangor bron, rhywbeth yr oedd Myfi yn falch ohono.

'Troi yn fan'ma?'

'Y, na, ma'n iawn, fedra i gerddad o fan'ma.'

Talodd iddo, a rhoi cil dwrn reit dda (yn rhannol am iddo beidio bod yn siaradus), gan dderbyn ei help i lusgo'r cês trwm allan o'r bŵt.

Edrychodd y dyn yn ôl arni wedi iddo droi trwyn y tacsi a chychwyn ar ei ffordd i lawr yr allt, a hanner gwên ar ei wyneb. Doedd ryfedd. Roedd ei dillad smart yn gweiddi mai hogan o'r ddinas oedd yma, a doedd ei sgidiau sgleiniog ddim wedi cael eu creu ar gyfer y llwybr caregog, mwdlyd oedd o'i blaen. Dechreuodd gerdded, rhag meddwl gormod, a llusgo'r cês tu ôl iddi, ei olwynion yn bownsio ar y gro.

Roedd hi wedi bod yn bwrw glaw yn ddyfal ers rhai

diwrnodau, yn amlwg, achos roedd yna byllau brown wedi cronni tu allan i'r drws ffrynt. Gwelai'r chwyn yn tyfu'n braf o gwmpas godra'r tŷ wrth iddi hi nesáu ato, ac roedd ffenestri'r portsh bach wedi cymylu fel bod rhywun prin yn medru gweld y reiat o blanhigion oedd yn tyfu'n wyllt ar sil y ffenest. Roedd fframiau'r ffenestri pren wedi pydru yn waeth o lawer nag oedd hi'n gofio. Sylwodd Myfi ar y pethau hyn fel petai hi yno yn rhinwedd ei swydd, yn nodi'r manylion er mwyn eu cofnodi mewn erthygl. Doedd y darlun ddim yn un addawol, a'r hyn a lechai tu mewn yn rhywbeth a fyddai'n gwneud i unrhyw un fod yn bryderus.

'Pnawn 'ma oedda chdi'n cyrra'dd?'

Trodd Myfi a gweld ei thad yn cerdded ati o un o'r cytiau yng nghowt y tŷ. Edrychai fel rhywun oedd wedi cysgu yn ei ddillad.

'Blydi hel, Dad! Dach chi'n trio 'nychryn i, ta be?'

'Meddwl ma heno oedda chdi am ddŵad!' meddai, gan gario mlaen a'i phasio nes cyrraedd y portsh. Dechreuodd dynnu ei welingtyns wrth bwyso ar ffrâm y drws.

'Newydd ffonio chi o'r stesion rŵan! Fuo rhaid mi gymryd tacsi.'

'Tasa gin ti gar 'sa ti'm 'di gorfod.'

'Wel, dwi'm angan car yn Lerpwl nac'dw, 'dan ni 'di trafod hyn.'

Anadlodd Myfi'n ddwfn. Ychydig eiliadau oedd hi wedi cymryd iddyn nhw syrthio yn ôl i mewn i rigol eu perthynas, a'r sgwrs rhyngddyn nhw yn un oedd wedi cael ei hadrodd droeon o'r blaen.

'Dach chi 'di clywed rhwbath gynni hi?'

'Gin Elliw? Naddo. Dim gair, cofia. Dwi'n sbio ar y mobeil bob rhyw ddwy awr rhag ofn ei bod hi 'di cysylltu ond…'

Ymataliodd Myfi rhag edliw iddo nad oedd o wedi sbio ar y blydi peth pan oedd hi angen lifft o'r stesion.

Doedd o rioed wedi bod yn llawer o ffrind i'r mobeil oedd yn ymyrraeth ddianghenraid ar ei fywyd, yn ei dyb o. Roedd hi'n anodd dychmygu bod hynny wedi newid rhyw lawer.

'Dach chi 'di ffonio'r mêts? Cofn ei bod hi yno?'

'Doedd hi ddim efo hogan Ken, beth bynnag, medda fo.'

'A be ma'r heddlu'n ddeud?'

Stopiodd ei thad straffaglu efo'i welingtyns, ac edrych arni.

'Dwi'm 'di... y... poeni'r rheiny eto, sti. Meddwl 'swn i'n ffonio chdi a basa'r ddau ohona ni'n medru cael hyd iddi cyn i ni dynnu rheiny i mewn i fusnesu.'

Gallai Myfi deimlo'i thymer yn codi.

'A Mam? Dach chi 'di sôn wrthi hi, do?'

Edrych arni am eiliad wnaeth ei thad.

'Wna i banad i ni, ia?'

Caeodd Myfi ei llygaid. Erbyn iddi eu hagor roedd ei thad wedi diflannu i mewn i grombil y tŷ.

4

E R WAETHA'R ESGEULUSTOD y tu allan i Graig Ddu, cafodd Myfi ei synnu efo cyflwr y tu mewn. Roedd y cyntedd yn lletach nag oedd hi'n ei gofio ychydig fisoedd ynghynt ac roedd yn amlwg wedi cael cot o baent ffres. Roedd 'na rhyw ryg amryliw nad oedd hi wedi ei gweld o'r blaen wrth droed y grisiau, ac o daro ei phen i mewn i'r stafell fyw, roedd 'na fwy o lewyrch yn fanno hefyd nag oedd hi'n ei gofio.

'Dach chi 'di bod yn llnau!'

Doedd hi ddim wedi disgwyl i'w sylw swnio mor gyhuddgar!

'Dwi'n medru cadw tŷ, sti, a mae'n haws wrth bod na'm llond tŷ 'ma efo'u blerwch!'

Roedd y geiriau yn anghydnaws â'i thad, meddyliodd Myfi. Mae'n rhaid bod o wedi dechrau mynd yn ddestlus yn ei henaint. Ac ella'i fod o'n gwerthfawrogi medru cael ychydig mwy o le a threfn. Biti na fasai hynny'n ymestyn i'w ymddangosiad ei hun.

'Lle ma'r banad 'na, 'ta? Dwi'm 'di ca'l llymad ers gada'l Lerpwl.'

Roedd yr un llewyrch yn y gegin, yn fwy felly os rhywbeth. Safai'r potiau te a choffi yn drefnus ar y wyrctop, ac roedd y sinc yn glir o lestri, heblaw am y ddau fŵg oedd yn y bowlen golchi llestri.

Welodd hi mo'r blodau yn y fas fach ar y bwrdd yn syth. Ond wedi eu gweld, roedd hi'n amlwg – roedd rhywbeth o'i le.

Eisteddodd Myfi yn ôl ymhen ychydig a mwytho ei phanad, fel tasai hi'n trio dofi aderyn.

'Dach chi dal ddim 'di clywed dim byd gynni hi, 'ta? Ers iddi fynd. Dim byd o gwbwl?'

'Dim gair!'

'Oedd rhwbath 'di digwydd 'lly? Cyn iddi hi fynd i ffwrdd? Rhyw ffrae ne ryw... gamddealltwriaeth?'

'Tydy Elliw a finna ddim yn ffraeo rhyw lawar, sti. 'Dan ni'n cyd-fyw'n reit hapus efo'n gilydd.'

Cyhuddiad arall yn llechu dan ei eiriau.

'Sylvia a hitha sy'n cega, 'de. Y ddwy ohonyn nhw fel dwy gath. A byth ers i'r Bill 'na ddŵad ar y sin...'

Doedd gan Myfi ddim amynedd clywed ei mam a'i chariad, Bill, yn cael eu tynnu i mewn i'r sgwrs. Roedd yr anghydfod rhwng Elliw a'i mam yn hen hanes, yn rhywbeth oedd wedi cael ei ddatrys ers i Elliw fynnu ei bod yn cael dŵad yn ôl i fyw i Graig Ddu at ei thad. Cael mwy o ryddid gan ei thad, dyna oedd yr apêl, roedd hynny'n amlwg. Ond doedd y naill ochr na'r llall yn cwyno, felly roedd y sefyllfa yn ymddangos fel petai wedi ei datrys.

Yfodd y ddau o'u cwpanau am eiliad, a sŵn tipiadau'r cloc rhyngddyn nhw yn chwyddo yn ei bwysigrwydd.

'Ond pam fasa hi'n mynd fel hyn, Dad? Fedrwch chi feddwl am unrhyw beth o gwbwl?'

Roedd Myfi wedi olrhain digon o straeon am bobol ifanc coll yn Lerpwl i wybod mai rhyw anghydfod domestig oedd wrth wraidd pethau fel arfer. Hynny neu gariad.

Syllodd Wil ar ei gwpan ychydig yn hirach cyn siarad.

'Wel, yn ddiweddar...' dechreuodd.

'Yn ddiweddar be?'

'Ma hi 'di mynd yn rhyfadd, sti. Cicio'n erbyn y tresi.

Diflannu am oria ar ôl yr ysgol, a dŵad adra wedyn ymhell ar ôl hannar nos.'

'Dach chi 'di deud rhwbath wrthi hi. Dad? Ma hon yn flwyddyn bwysig iddi yn yr ysgol.'

'Wrth gwrs 'mod i 'di deud rhwbath wrthi!'

'Fel be, 'lly?'

'Wel, gofyn iddi bora wedyn lle oedd hi 'di bod, 'te! Deud wrthi y dylia hi ella beidio bod allan mor hwyr a hitha efo ysgol bora wedyn.'

'Siŵr bod hynny 'di gweithio, do, Dad?'

Ochneidiodd Myfi. Roedd cael ffrae gan ei thad fel cael ei llarpio gan ddafad, a benthyg rhyw ymadrodd roedd rhyw wleidydd neu'i gilydd wedi ei ddefnyddio unwaith. Doedd deud y drefn a bod yn gas ddim yn rhywbeth oedd yng nghyfansoddiad Wil, yn sicr lle roedd Elliw yn y cwestiwn, a doedd o ddim yn mynd i newid rŵan. Ac roedd Elliw yn amlwg wedi cymryd llawn fantais o hynny, ac wedi cael mynd oddi ar y rêls yn llwyr.

'Ond tydy hi rioed 'di bod i ffwrdd am gymaint o amsar?'

'Naddo, rioed.'

'A dach chi'm 'di ffonio'r heddlu?'

Atebodd ei thad mohoni. Roedd o'n byw mewn swigan wrth-awdurdod o egwyddor, oedd yn arddangos ei hun drwy brotest dawel, o beidio cysylltu mewn argyfwng.

'Dach chi 'di siarad efo'r ysgol o leia?'

'Yr ysgol ffoniodd i ddeud bod hi'm 'di cyrra'dd echdoe. I Ioli oedd hi'n sâl. A mi ddudes inna ei bod hi, a…'

'Be?' Safodd Myfi.

'Wel, dwi'm isio blydi titshyrs yn snwyro rownd lle 'ma, yn falch o ga'l dengid o'r ysgol am gwpwl o oria. A fasa Elliw ddim yn licio i mi dorri ei phen hi, na fasa?'

'Torri ei phen hi! Blydi hel, Dad! Ma'r hogan ar goll! Duw a ŵyr efo pwy mae hi, a dach chi'n poeni am ddeud y gwir wrth yr ysgol!'

'Mi brynith amsar i ni gael hyd iddi. Ac ella fydd hi'n ei hôl yn llancas pnawn 'ma, beth bynnag, fel sa'm byd 'di digwydd!'

Doedd geiriau didaro Wil ddim yn twyllo Myfi. Roedd yn amlwg ei fod o'n poeni mwy nag oedd o'n ddeud os oedd o wedi trafferthu gofyn iddi hi ddŵad adra o Lerpwl.

Ac o'i olwg o, roedd o wedi mynd i gysgu ar y soffa neithiwr. Noson a'r ffôn yn ei law rhwng cwsg ac effro.

'Oes 'na gariad newydd?'

Cododd Wil ei ben ac edrych arni, ei lygaid yn grynion.

'Be ddudest ti?'

'Ydy Elliw 'di dechra siarad am rywun? Ne ydy hi 'di mynd yn fwy tawedog? Fel 'sa rhwbath ar ei meddwl 'lly?'

'Duw, be wn i?'

Cododd Wil o'i gadair, fel atalnod llawn ar y sgwrs.

'Yli, ma'r dillad gwely glân ar y gadair wrth ymyl y ffenest. Wna i swpar i ni nes ymlaen, yli, boi, a gneud digon i dri, rhag ofn iddi landio.'

Erbyn amser swper, doedd dim golwg o Elliw byth, yn llancas neu beidio, a doedd yr un cysylltiad wedi bod chwaith. Synnodd Myfi o weld bod Wil wedi coginio Spag Bol ac yn ei sglaffio gyda'r fath frwdfrydedd. Roedd o'n arfer bod yn ystrydeb o ffermwr ceidwadol ei chwaeth bwyd, ac yn arfer tynnu stumiau tu ôl i gefn eu mam, gan wneud i'r genod chwerthin. Ma raid bod o ar ei gythlwng i fwyta hwn mor awchus, meddyliodd.

5

C YSGODD MYFI YN rhyfeddol o dda yng ngwely bach cul ei phlentyndod, a'r papur wal blodeuog fel petai'n ei chofleidio. Bore wedyn, roedd ei thad wedi ei chyfarch yn annwyl, ond roedd yn amlwg nad oedd o wedi cael noson cystal.

'Gin i ffafr i ofyn i ti, Myf,' meddai, ar ôl iddi wneud sylw y dylai drio fynd yn ôl i'r gwely i gael rhyw awr ychwanegol o gwsg.

'Agor y siop i fyny i mi, am awr ne ddwy, wnei di? Mae'r becyn a'r sosejys yn y ffrij yn barod, yli. Chydig o *chops* hefyd, a rhyw bum pwys o fins. Os oes 'na rwbath arall, deud wrthyn nhw bydda i'n ôl i mewn nes ymlaen.'

'O's rhaid?'

'Dim ond i mi gael fy ngwynt ata, boi. Fedra i'm wynebu neb ar y funud, a dwi'n gwbod bod 'na ambell un i fod yn galw heibio'r siop heddiw.'

'Ond do's 'na neb yn gwbod am Elliw, medda chi!'

'Nag oes, ond wsti fel ma pobol yn rhyw fân siarad, holi am y teulu a ballu. Sgin i fawr o fynadd cynnal sgwrs felly ar y gora, ond…'

'Dwy awr, ia?'

'*Half day* yli. Ond bod 'na rei isio casglu ordors bore 'ma, 'te. A sa'r byd ar ben san nhw'm yn ca'l! Dara i mewn cyn amsar cinio rhag ofn bod 'na rwbath. A gei di fynd wedyn, yli, Myf.'

Roedd yn mynd i fod yn anodd iddi wrthod.

Yna canodd ffôn Wil. Neidiodd Myfi amdano yn reddfol, ond bachodd Wil y teclyn o'i blaen. Gwelodd y sglein yn ei lygaid yn pylu bron yn syth.

'O ia, naddo, 'nes i'm…'

Gwnaeth Myfi siâp ceg 'Elliw?' ond ysgydwodd Wil ei ben. 'Iawn 'ta, ffrind. Dyna chdi. Wela i di wedyn. Ia.'

Roedd o wedi gwenu wrth ffarwelio. Diffoddodd Wil y ffôn ac roedd gwrid ar ei wyneb. 'Ddim y hi oedd hi. Ffrind.'

***

Doedd Myfi ddim wedi disgwyl y byddai hi'n gyfrifol am agor drws cefn siop gigydd ei thad ar ei phen ei hun rhyw ddiwrnod, ac mai heddiw fasai'r diwrnod hwnnw. Edrychodd ar y gweithdy. Y lle trin cyrff. Roedd yr offer i gyd yn hongian fel adar dur ar y bachau ar y wal ar y chwith, y cyllyll wedi eu gosod allan yn ôl eu maint ar y bwrdd pren ar y dde. Yng nghanol y stafell roedd y fainc lle roedd y torri'n digwydd, a'r pren wedi ei naddu yn bant yn y canol, dros flynyddoedd o drin y cig ar ôl i'r anifail ddod yno o'r lladd-dy, a lliw'r pren yn rhudd gwan ar ôl blynyddoedd o waed.

Er nad oedd cig yn weladwy, roedd yr oglau melys arbennig oedd yn perthyn i'r siop yno o hyd, wrth gwrs. Agorodd Myfi'r ffenest, ac estyn am y brat oedd yn hongian ar y bachyn ar gefn y drws. Taenodd ei bysedd ar draws y brat, oedd ddim mor loyw lân ag yr oedd pan sleifiai yma efo'i mam pan oedd hi'n fechan.

Doedd Elliw erioed wedi medru diodde bod yno, a phan ddaeth hi'n ddigon hen i fedru llefaru ei theimladau, byddai'n arfer styfnigo a mynnu aros tu allan yn yr iard yn cicio cerrig mân tra oedd ei mam a hithau tu mewn i'r siop. Doedd rhyfedd bod Elliw wedi dechrau gwrthod bwyta cig yn ifanc iawn, meddyliodd, nodwedd arall o styfnigrwydd egwyddorol ei chwaer fach, nodwedd yr oedd Myfi yn ei hedmygu yn dawel bach.

Am y tro cynta ers iddi gael y tecst gan ei thad yn Lerpwl, daeth dagrau i lygaid Myfi. Lle ddiawl oedd yr hogan? Pam uffar na fasai hi'n gadael iddyn nhw wybod rhywbeth am lle roedd hi?! A pham ddiawl na fasai ei thad wedi rhoi gwybod wrth y byd a'r betws fod ei hogan fach o ar goll?

Ella mai'r gobaith tu ôl i sŵn ffôn ei thad oedd wedi ei hysgwyd. A'r siom wedyn pan ddaeth yn amlwg nad Elliw oedd ar y ffôn o gwbwl, ond rhywun oedd yn gwneud i'w thad wenu, a gwrido fel hogyn ysgol.

Aeth Myfi i'r rhewgell fechan oedd yn swatio drws nesa i'r rhewgell fwy a ddaliai unrhyw garcas fyddai wedi dŵad yno er mwyn cael ei hollti. Estynnodd y cigoedd parod allan a mynd drwadd i'r siop, gan ofalu cynnau trydan oergell y cwpwrdd dangos. Agorodd y bleinds, a throi'r arwydd ar y drws fel bod 'AR AGOR' yn bloeddio allan i'r stryd.

Roedd cwmseriaeth yn ddigon cyson i'w chadw'n brysur, ac i gyfiawnhau agor. Synnodd o weld bod cyn lleied o bobol yr oedd hi'n eu nabod yn galw i mewn i'r siop, a sawl wyneb estron. Roedd yn amlwg o'u sgwrs mai byw yma oeddan nhw (o leia am ran o'r flwyddyn) yn hytrach nag ymwelwyr. Ella bod Gwen yn iawn, y basai eitem ar y newid poblogaeth yng nghefn gwlad Cymru yn rhywbeth fasai'n medru apelio a denu pobol at y papur, cr nad ocdd y *Journal* yn hoffi cynnwys unrhyw beth oedd yn corddi gormod ar y dyfroedd, yn amlwg! Rhyw 'elfen ysgafn', dyna ddeudodd Gwen. Doedd neb yn medru stumogi gormod wrth gael panad efo'u copi cysurlon o'r *Journal*, meddai. Roedd Myfi wedi teimlo ers tro ei fod yn mynd yn gynyddol debycach i bapur bro na phapur newydd o bwys. Ac unwaith roedd hi'n dechrau crafu yn ddyfnach dan yr wyneb, roedd hi wedi cael ei hesgymuno'n ôl adra am ddeufis!

Newydd ffarwelio efo un o'r wenoliaid oedd hi pan glywodd lais oedd yn fwy na chyfarwydd. Roedd wedi troi ei chefn ac wrthi'n didoli a rhoi trefn ar yr arian yn y til a'i phen yn llawn o'r 'ffrind' oedd wedi gwneud i'w thad ymateb fel y gwnaeth o, a newid ei threfniadau er ei mwyn.

'Iesu, Myf, ti'n swnio rêl Sgowsar erbyn hyn pan ti'n siarad Susnag!'

Trodd ar ei sawdl, yn fwy sydyn nag y buasai wedi dewis gwneud, a'i weld o yn sefyll yn ffrâm y drws, yn gwenu.

'Wnes i'm dallt bo chdi 'di dechra clustfeinio ar sgyrsia preifat, Gethin!' meddai, er mwyn deud rhywbeth, er mwyn tawelu'r galon oedd yn swnio fel tasai'n ddigon uchel i'w chlywed lawr y stryd.

'Sori! Dwi'm yn un busneslyd fel arfer, fel ti'n gwbod. Chdi ydy honno 'di bod rioed, 'de? A dyna dy job di erbyn hyn!' Ymestynnodd ei wên yn lletach byth, ac roedd y sglein cellweirus yn ei lygaid yn dal ei afael.

'Sut fedra i helpu?' holodd, gan wneud ati i swnio'n oeraidd broffesiynol.

'Ti 'di gada'l Lerpwl 'lly? Dŵad 'nôl adra?'

'Naddo!' atebodd. Yn rhy sydyn. Yn rhy amddiffynnol. 'Jyst helpu Dad bora 'ma dwi. 'Na'r cwbwl.'

'O? Be, ydy'r hen ddyn yn sâl ne rwbath?'

'Nacdi, ma'n iawn...'

Edrychodd Myfi ar ei wats a gweld ei bod erbyn hyn yn nesáu at amser paned un ar ddeg erbyn hyn. Roedd hi'n arferiad gan ei thad gau'r siop amser paned yn ddi-ffael, tasai hi'n ddim ond am ddeg munud, yr egwyddorion undebol oedd wedi bod yn bwysig iddo pan oedd o'n arfer gweithio i bobol eraill, yn dal eu tir, er ei fod yntau'n hunangyflogedig ers blynyddoedd.

'Gwranda, Geth, dwi'n cau 'ŵan, sori. Amsar panad. Undebau a ballu!' ychwanegodd gyda gwên.

'Fasa panad yn grêt, Myf,' atebodd yntau hefyd, yn llawer rhy sydyn. 'Mond os oes 'na un yn mynd 'lly. Gwynt yn fain allan yn fan'na.'

Gwenodd y ddau ar ei gilydd am y tro cynta.

'Gin i ryw ugain munud i chdi, dwi'n siŵr!' atebodd hithau.

'Tydw i'n freintiedig!'

Gwenodd Myfi eto, ar ei gwaethaf. Roedd hi'n gwneud pethau'n rhy hawdd iddo. Arweiniodd hi'r ffordd i'r gweithdy yng nghefn y siop.

Edrychodd Geth o'i gwmpas, a dangos diddordeb yn y lle.

'Fan'ma ma pob dim yn digwydd, 'lly,' meddai. *Mission control!*'

'Dwn i'm am *mission control*, rwsut. Ti dal i gymryd dau siwgwr yn dy goffi?'

Doedd o rioed wedi bod yno o'r blaen. Ac roedd Myfi yn siŵr na fasai Wil yn caniatáu iddo ddŵad yno heddiw chwaith. Doedd Wil erioed wedi maddau iddo fo am orffan efo Myfi fel gwna'th o, a doedd 'na'm pwynt trio deud wrth Wil bod petha'n fwy cymhleth na hynny. Ond dyna fo. Hi oedd yng ngofal y siop bora 'ma, ac roedd hi wir angen bwrw ei bol efo rhywun. Rhywun oedd hi'n ei nabod tu chwith allan.

Wrth iddyn nhw setlo efo panad, edrychodd Myfi'n iawn arno. Roedd ei wallt o'n hirach nag oedd hi'n ei gofio, ac yn cyrlio dros dop ei glustiau, a mymryn o arian yn rhedeg fel mellten drwyddo. Roedd o'n aeddfedu'n dda.

'Mae 'na reswm pam dwi adra, Geth...' dechreuodd. 'Ond does 'na neb arall yn gwbod eto, iawn?'

A dyma adrodd yr hanes am yr alwad a gafodd gan Wil am Elliw.

Gwrandawodd Geth yn astud, gan nodio'i ben bob hyn a hyn.

'Felly sgynnoch chi ddim syniad lle ma hi?' gofynnodd Geth, gan eistedd yn ôl yn ei gadair a rhoi'r baned ar y bwrdd bach sigledig. Roedd o'n edrych arni hi efo'r llygaid glas, glas yna.

'Wel, wsti fel ma Elliw. Adra efo Dad ma hi rhan fwya, ond ma'n siŵr bod Mam a hitha 'di cael rhyw ffrae ne'i gilydd, a'i bod hi wedi mynd i ffwrdd mewn tempar. Tydy'r un o'r ddwy yn rhai am sefyll i lawr mewn dadl!'

'Nac'dyn,' atebodd Geth. 'Dwi yn cofio hynny, o pan oeddat ti a fi —'

'Ma 'di bod yn ddeuddydd rŵan, dyna'r unig beth. Wel, tridia erbyn hyn.' Torrodd Myfi ar draws y nostalja. 'Ro'n i'n meddwl fasa hyd yn oed Elliw yn ddigon call i 'nhecstio fi, o leia, i ddeud lle ma hi.'

'Roedd hi'n ffrae go iawn tro 'ma rhwng y ddwy, ma raid!' atebodd Gethin.

'Dwi'm hyd yn oed yn siŵr mai hynny sydd! Ella dylen ni...'

'Dylech chi be?'

'Dylen ni fynd at y cops. Wrth bo' na'm gair 'di bod.'

Plygodd Geth ymlaen a chymryd dracht arall o'i banad, yn feddylgar, gan bwyso'n ôl drachefn ar y gadair wedyn.

'Faint ydy ei hoed hi? Elliw?'

'Un ar bymtheg.'

'Dyna chdi, 'lly.'

'Be ti'n feddwl "dyna chdi"?'

'Fydd gynnyn nhw ddim diddordeb. Mae hi'n oedolyn yn llygad y gyfraith yn un ar bymtheg, dydy? Ma gynnyn nhw ddigon ar eu platia yn rhedag ar ôl drygis, hen bobol ffwndrus a phlant bach yn mynd ar goll a ballu i boeni am hogan un ar bymtheg sy 'di cael ffrae efo'i mam.'

'Yn ddeunaw oed ti'n oedolyn, ia dim? Adeg hynny ti'n cael fotio a'r holl hawlia er'ill i gyd.'

'Ia, ond yn un ar bymtheg gei di neud peth wmbrath o betha, sy'n cynnwys penderfynu os wyt ti isio llonydd am chydig,' atebodd Geth. ''Swn i'm yn wastio'n amser efo'r cops, 'swn i'n chdi. Ddim eto, beth bynnag. Mi ddaw hi i'r fei, o nabod Elliw.'

Doedd Myfi ddim wedi ei hargyhoeddi bod dadl Geth yn dal dŵr, chwaith. Gwgl fasai'n setlo hynny. Ond roedd 'na synnwyr yn hanfod beth oedd o'n ddeud. Unwaith roedd rhywun wedi dechrau cysylltu efo'r awdurdodau, roedd yr holl beth yn cael ei ffurfioli, yn symud o fod yn ffrae fach deuluol breifat i diriogaeth oedd yn llawer mwy cyhoeddus. Roedd Myfi wedi sgwennu digon o gopi am bobol ifanc oedd yn diflannu ac yn ailymddangos bron cyn i'r papur weld golau dydd. Debyg iawn basai Elliw hefyd yn landio adra yng Nghraig Ddu erbyn diwedd y pnawn beth bynnag, ar lwgu, a methu deall be oedd y ffws. A gallai Myfi ddychmygu'r embaras fasai Elliw'n ei deimlo fod ei chwaer fawr wedi llusgo'r cops i fewn i'w stori.

Roedd hi wedi meddwl tipyn am ei weld o eto, yn enwedig yn y misoedd cyntaf rheiny. Wedi dychmygu cyfarfod mewn rhyw dafarn fach wledig niwtral yn rhywle ger tanllwyth o dân. Cyn bwcio stafall a syrthio i freichiau'i gilydd ar wely gwyn...

Nid hyn.

Edrychodd Myfi ar ei wats. 'Sori, Geth. Amsar ailagor y siop. Ac ella fydd Dad yma cyn bo hir ma siŵr. Ddudodd o fasa fo yma amsar cinio.'

'Amser i mi heglu hi. Ok. Got it!' meddai Geth dan wenu. 'Gad fi wbod, ia? Pan mae'n dŵad yn ôl, ne os oes 'na rwbath fedra i neud.'

'Iawn, Geth. Diolch ti.'

Cododd Geth, a chychwyn am y drws. Yna trodd i edrych arni eto, ei lygaid wedi eu serio arni.

'Braf gweld chdi, Myf.'

Nodiodd Myf ei phen, heb fentro ei llais, fasai'n torri'n ddarnau mân o'i flaen o, beryg.

Gwenodd Myfi, yn batrwm o hunanfeddiant, ac arwain y ffordd iddo yn ôl i mewn i'r siop.

6

Mi aeth y ddwy awr nesa heibio yn gynt na'r ddwy awr flaenorol, yn rhannol am fod y siop wedi bod yn ddigon prysur i arbed i Myfi hel meddyliau am unrhyw beth amgenach na phwyso cig a chyfri sosejys. Roedd y cwsmeriaid a ddaeth trwy'r drws yn eitha cyson, ac roedd 'na hefyd archebion dros y ffôn ac ar-lein yr oedd ei thad wedi eu rhoi ar yr hysbysfwrdd yn y gweithdy. Cafodd Myfi rhyw gysur heb ei ddisgwyl o wneud rhywbeth eitha di-lol fel pecynnu cig, gan nodi ar ddarn o bapur unrhyw anghenion doedd hi ddim yn medru eu cyflawni heb ei thad. Petai hi wedi aros adra a dŵad yn bartner efo'i thad yn y busnes, tybed fasai ei bywyd wedi bod yn hapusach? Buasai wedi bod yn llai cymhleth, yn sicr, fasa fo ddim?

Buan iawn ddaeth hi'n amser cinio felly, a'r cyfle iddi hi gau'r siop am y dydd. Doedd 'na ddim golwg o Wil. Roedd dydd Mawrth yn hanner diwrnod ers canrif neu fwy, arferiad arall yr oedd ei thad yn gyndyn i ollwng ei afael ynddo. Roedd Myfi yn falch iawn o hynny heddiw. Roedd wedi bod yn ddiwrnod o bwys yn barod. Wrth ffarwelio, roedd Geth wedi rhoi sws ar ei boch, a hithau wedi estyn ei boch i fyny iddo, heb feddwl. Roedd y ddau wedi sefyll yn chwithig am eiliad, cyn i Geth droi a gadael, gan obeithio ei gweld o gwmpas y lle eto cyn iddi fynd yn ôl. Doedd Myfi ddim wedi cofio am bŵer aroglau hyfryd ei gorff, yn gymysg o chwys a fferamonau a rhywioldeb. Bu'r aroglau yn ei hanwesu wedyn weddill y bore.

Yn syth ar ôl i Geth adael, gwyddai Myfi fod yn rhaid iddi gysylltu efo'i mam. Doedd hi ddim yn iawn nad oedd hi'n gwybod am Elliw, a doedd Wil yn sicr ddim yn mynd i ddeud wrthi. Ddeudodd hi ddim manylion ar y ffôn, dim ond sôn ei bod hi adra o Lerpwl am chydig, a'i bod isio gair. Doedd ei mam yn amlwg ddim isio i Myfi fynd draw i'r tŷ, felly mi fynnodd brynu cinio i'w merch. Doedd gwrthod Sylvia ddim yn rhywbeth y byddai rhywun yn ei wneud ar chwarae bach.

Doedd y lle roedd ei mam wedi ei ddewis ar gyfer eu cyfarfod, felly, ddim yn gwbwl addas. I ddechra, roedd o'n golygu fod Myfi yn gorfod cymryd tacsi arall i gyrraedd y lle. Yr ail beth oedd mai lle ar gyfer ciniawa'n hamddenol a chwaethus oedd y bwyty bach ar ymyl y bryn, efo'i gelfi pin a'i ffenestri mawr llydan yn edrych i lawr ar y Fenai ac Ynys Môn. Ond doedd yna ddim byd hamddenol yng ngorchwyl Myfi heddiw.

A hithau wedi dŵad yn syth o'r siop, heb gael amser i newid, teimlodd allan o le yn syth wrth gamu i mewn. Doedd y bwyty ddim yn rhyw le crand, ffurfiol, ac eto roedd pawb yno wedi gwneud ymdrech fawr i ymddangos yn ddidaro o *chic*. Pobol efo gormod o amser.

Roedd ei mam yno o'i blaen wrth gwrs, yn ffrwydriad o liw ym mhen pella'r stafell fawr, ac yn sgwrsio efo rhyw ddynes arall oedd yr un oed â hi ond rhyw dair siêd yn fwy syber. Roedd Sylvia wedi newid ei gwallt eto, sylwodd Myfi, oedd ddim yn syndod a hithau heb ei gweld ers cyhyd. Roedd y pinc golau yn ei siwtio, deud y gwir, a'r toriad byr efo'r ffrinj hir wedi ei sgubo i un ochr, yn gwneud iddi edrych yn fwy diddorol nag oedd hi.

Wrth nesáu ati, chymerodd hi ddim chwinciad i'w mam

edrych ar Myfi o'i chorun i'w sawdl, a'i chyflwyno yn uchel i'r ddynes arall.

'A dyma hi, Mair! Brêns teulu ni! Adra o Lerpwl draw!'

'Am chydig! Mond am ryw chydig!' cywirodd Myfi, gan wenu'n hunanymwybodol ar y cysgod o ddynes a safai wrth ymyl ei mam yn gwenu'n gwrtais.

'Debyg dach chi'ch dwy! Fatha twins!'

'Aclwy, taw wir, efo dy lol!' ebychodd Mam yn orliwgar, ond yn amlwg wedi ei phlesio.

Gwenu wnaeth y ddynes, a rhoi winc fach gynllwyngar ar Myfi.

'Iawn, ro' i lonydd i chi rŵan i chi ga'l amsar efo'ch gilydd, 'lwch! Wela i di'n o fuan, iawn, Sylvia? Ffonia i di cyn yr AGM wsnos nesa, iawn?'

'I drafod tictacs!' ategodd Sylvia, gan wenu.

A diflannodd y ddynes yn ôl bum cam o'r prif lwyfan.

Wynebodd Myfi a'i mam ei gilydd.

'Wel, ti am ista, wyt?' meddai Sylvia. ''Wan bo' chdi 'di mynd i draffarth i ddŵad yma!'

Gwnaeth Myfi hynny, a phenderfynu cadw'i siaced amdani, i guddio'r crys chwys oedd yn ddim yn berffaith lân oddi tano. Wrth i belydrau haul gwan mis Hydref brysur droi'r bwyty yn dŷ gwydr, gwyddai Myfi y byddai'n difaru'r penderfyniad yn fuan iawn.

'Well i ni ordro reit handi, sti. Maen nhw'n medru bod yn ddiawchedig o ara deg yma weithia.'

Cofiodd Myfi'n sydyn nad oedd hi wedi cael brecwast call, dim ond panad o de. Doedd hi ddim isio treulio mwy o amser nag oedd raid yng nghwmni ei mam ond eto roedd hi'n llwglyd. Y cyfaddawd bythol oedd wrth wraidd perthynas y ddwy ohonyn nhw, meddyliodd.

'Mond rhwbath bach dwi isio,' meddai Myfi, gan ddiflannu'r tu ôl i'r fwydlen sgleiniog yn ddiolchgar.

Ar ôl archebu'r bwyd, pwysodd y fam yn ôl ac edrych i fyw llygad Myfi.

'Wel? Ti am ddeud wrtha i pam ti'n ôl 'ta? Y gwir dwi isio.'

Roedd hi'n astudio Myfi fel twrna.

'Y gwir gewch chi! Peidiwch â phoeni!'

Siarsiodd Myfi ei hun yn dawel bach i beidio llyncu'r abwyd, ac i gofio pam oedd hi yno.

Daeth cwmwl i guddio'r haul am ennyd, a phwysodd Sylvia yn ei blaen, a dechrau tywallt y te o'r tebot oedd wedi cyrraedd funud ynghynt.

'Wel mae 'na rwbath yn bod, os ti'n cael misoedd i ffwrdd o dy waith fel hyn! Ti mewn rhyw fath o helbul?'

'Fydd o'm yn fisoedd!'

'Be sy 'ta? Fedri di'm fforddio wicend i ddŵad adra fel arfar!'

'Elliw.'

Sylwodd Myfi ar lygaid ei mam yn blincio'n sydyn, cyn adfer ei hun.

'O, be ma honno 'di neud rŵan, 'to? Ma 'na firi efo hi byth a beunydd. Ma'i off y rêls yn llwyr! Ma'r hogan 'na'n fwy na fedar dy dad ei handlo, ma'r peth yn amlwg fel het ar hoel!'

'Mae ar goll.'

Stopiodd cwpan Sylvia cyn cyrraedd ei cheg. Rhoddodd y gwpan yn ôl ar y soser.

'Be ti'n feddwl "ar goll"?'

''Di mynd i rwla, 'di diflannu. 'Sa neb ohonan ni 'di ca'l math o negas na dim byd.'

Ffrydiodd y lliw o wyneb ei mam, a dechreuodd ei llygaid newid.

'Ers faint mae hi 'di mynd?'

'Fydd hi'n dridia heddiw. Meddwl ella 'sa chi—'

'Be?'

''Di clywad rhwbath gynni hi. Ne elo rhyw fath o syniad pam fasa hi 'di bod isio mynd...'

'Nag oes siŵr! Pam ti'n meddwl fasa gin i unrhyw...'

'Wel, ella bo' chi 'di ffraeo. Bo' rhwbath 'di digwydd o'dd 'di gneud iddi hi—'

'Dwi'm 'di gweld Elliw ers dros fis, Myf. A deud gwir, roedd 'na hwylia go lew arni hi tro dwetha weles i hi. Mi gaethon ni laff am rwbath, hyd yn oed! O'n i'n meddwl ella bod 'na rhyw gariad newydd ar y sin, rhywun oedd yn gneud byd o les iddi hi.'

Elliw, ei blondan fach o chwaer, yn llawn direidi a chariad, doedd honno ddim wedi dod i'r fei ers tro, meddyliodd Myfi.

'Ar goll,' meddai ei mam wedyn, a holl wacter y geiriau yn ei llais.

'Sna'm neges, dim tecst, dim galwad ffôn,' edwinodd llais Myfi i ddim.

Edrychodd Sylvia i ffwrdd i ben draw'r caffi am eiliad, cyn edrych ar Myfi eto.

'A be ma Wil yn neud am y peth? Ydy o 'di rhoi gwbod i'r heddlu?'

'Ma pob dim mewn llaw.' Ella bod Sylvia isio'r gwir, ond doedd gan Myfi mo'r galon i ollwng ei thad yn y cach am ei ddiymadferthedd.

'Ma gin Bill gysylltiada efo'r heddlu o hyd, sti. Tydy plismyn byth yn ymddeol go iawn. Siŵr fasa fo'n lecio helpu.'

Suddodd hwyliau Myfi yn is wrth feddwl am y sgwyddau llydan a'r cerddediad talsyth, a'r llygaid oedd yn crwydro dros gorff unrhyw ddynes dan hanner cant. Doedd crîp byth yn ymddeol chwaith, meddyliodd.

'Ma'n iawn, Mam! Jyst meddwl dylech chi wbod, 'na'r cwbwl. Mi ddaw yn ôl heddiw ne fory, ma siŵr. Jyst meddwl ella 'sa gynnoch chi ryw fath o syniad pam fasa hi 'di cymryd y gwyllt.'

Ysgwyd ei phen wnaeth Sylvia.

'Dim,' meddai, mewn llais oedd yn nes at sibrydiad. 'Dim syniad o gwbwl.'

7

CAEODD MYFI EI llygaid a theimlo gwynt main yr hydref yn rheibio trwy ei dillad.

Doedd 'na nunlle gwell na mynydd Cilgwyn er mwyn teimlo brath yr elfennau, i deimlo'n fyw. Lle bynnag oedd hi yn Lerpwl, yn cerdded ar hyd strydoedd gweigion neu sgwariau poblog, ar gwch ar hyd y Merswy, doedd fan'ma byth yn bell oddi wrth ei hanfod.

Roedd noethni digyfaddawd yr ardal yn apelio ati, a'r chwarel wedi hen gau. Nadreddai'r lôn o Ben-y-groes fel craith i fyny rhwng y waliau cerrig a'r caeau ponciog. Ond wedi cyrraedd y copa, y wobr oedd ehangder yr olygfa, yn sgubo draw o Benmon yn Sir Fôn draw at Dre'r Ceiri a'r Eifl yn y gorllewin. Roedd hyrddiad y gwynt yn bris digon teg i'w dalu.

Tynnodd Myfi ei sgarff yn dynnach amdani, sgarff ddinesig gotwm oedd mewn gwirionedd yn annigonol yma heddiw, yn erbyn elfennau Nantlle. Doedd o ddim yn lle i fagu gwaed, os nad oeddech ar y ffordd i rywle arall, neu efo lloches a chynhesrwydd gerllaw. Doedd o ddim yn lle i fentro iddo heb berwyl, neu heb noddfa, mewn geiriau eraill.

A be'n union oedd natur ei pherwyl hi yno pnawn 'ma, meddyliodd. Eto cymaint wedi digwydd dros y diwrnodau diwetha, roedd angen iddi stopio a chymryd stoc. Cael llonydd rhag geiriau pobol eraill yn ei phen. Ond roedd 'na rywbeth arall yn ei denu hi yma hefyd heddiw, wrth gwrs. Rhywbeth amgenach.

Er gwaetha ias y gwynt, tynnodd ei bag cefn oddi amdani ac eistedd i lawr ar graig. Doedd hi byth yn blino ar yr olygfa oedd yn ymestyn o'i blaen. Pan oedd hi i ffwrdd, doedd hi byth yn medru dwyn i gof pa mor syfrdanol oedd o, tan ei bod hi yn ei hôl yma.

I fan'ma roeddan nhw'n arfer dŵad i chware, y ddwy ohonyn nhw, pan oedd isio llonydd o gecru di-baid eu rhieni. Er bod deng mlynedd rhwng Elliw a hithau, roedd y ddwy'n nes mewn oedran ar y mynydd, mewn ffordd, yn bell oddi wrth hualau'r tŷ. Roedd 'na rywbeth oesol mewn chwarae mig y tu ôl i'r waliau cerrig, mewn didoli cerrig a gwneud mosaig ar y glaswellt, mewn ymarfer efo smocio ar ôl iddyn nhw ddwyn sigarét o focs eu tad, a'r awel yn eu huno.

Ai i fan'ma fasai Elliw wedi dŵad hefyd, i gael llonydd? Oedd ganddi noddfa yma? Oedd rhywun yn ei chadw, o'i gwirfodd neu fel arall? Roedd yr hyn yr oedd ei mam wedi'i ddweud wrthi am hwyliau da Elliw yn gwneud synnwyr tasai ganddi gariad newydd, rhywun oedd yn rhoi lliw newydd ar bob dim. Gobeithio mai hynny oedd. Rhyw gariad 'anghyfreithlon' ella, rhywun doedd hi ddim isio ei rannu efo'i byd. Mi fasai hynny'n iawn, basa? Roedd Myfi yn ddigon o ramantydd o hyd i gredu nad oedd yna liw na siâp i gariad.

'Elliw?'

Roedd hi wedi gweiddi ei henw heb feddwl. Edrychodd dafad arni yn ddifynegiant ddafadaidd, cyn cario mlaen i bori.

'Elliw?'

Cariwyd y sain ysgafn ar adain y gwynt.

Ffycin stiwpid. Fel tasai galw ei henw hi'n mynd i olygu bod Elliw yn ymddangos o'r tu ôl i ryw wal, yn wên fuddugoliaethus i gyd, yn dylwythen deg.

Safodd Myfi, a sgubo'r gwlybaniaeth i ffwrdd o'i bochau. Doedd sentiment ddim yn mynd i fod o ddim iws i neb ohonyn nhw, ac yn arbennig i Elliw.

Roedd yn rhaid iddyn nhw hysbysu'r awdurdodau erbyn hyn. Cofiodd sgwennu am achos dyn ifanc yn Toxteth oedd wedi gadael cartref heb ddweud. Roedd y teulu hwythau wedi bod yn gyndyn i lusgo'r awdurdodau i mewn i chwilio amdano (doedd yr hogyn ddim yn 'hogyn ysgol Sul', fel oeddan nhw'n ddeud ffordd yma, ac yn 'wybyddys i'r heddlu'.) Ond yn dilyn un apêl ar y teledu lleol, roedd yr hogyn wedi dod i'r fei, yn groes i ddisgwyliadau'r gymuned.

Fasai hi ddim yn derbyn awgrym ei mam i lusgo Bill i mewn i'r sefyllfa. Doedd hi rioed wedi gweld be oedd wedi denu ei mam ato. Roedd o'r gwrthwyneb llwyr i'w thad. Ond mae'n siŵr mai hynny oedd y prif atyniad.

Roedd yna rywbeth yn ymarweddiad ei mam yn ei phoeni, y ffordd roedd hi wedi ymateb i ddiflaniad Elliw.

Dechreuodd Myfi gyflymu ei cherddediad wrth i'r lôn fach gul wyro am i lawr am y groesfan, ac i gyfeiriad yr arhosfan bws anial. Wrth gerdded edrychodd i'r chwith a synnu o weld coedlan fechan oedd i'w gweld o'r lôn, rhywle doedd hi ddim wedi sylwi arno o'r blaen. Gallai Myfi weld llwybr defaid yn mynd i gyfeiriad y goedlan, ac yn y pellter, rhyw hen hen garafán yn swatio yng nghysgod un o'r coed oedd ar yr ochr tu mewn i'r goedlan.

'Hipis,' meddai Myfi dan ei gwynt, a meddwl, wrth gerdded ymlaen ar hyd y lôn, tybed fasai gan Gwen yn y *Journal* ddiddordeb mewn eitem oedd yn sôn am luosogrwydd carafanwyr hir-dymor yng nghefn gwlad Cymru. Yn wyneb creisis y sefyllfa dai, roedd y sefyllfa yn llawer mwy cymhleth na phobol yn trio dianc rhag gwareiddiad, a byw yn agosach at natur.

Hyn oedd ar ei meddwl wedyn wrth iddi bwyso yn erbyn ffrâm yr arhosfan bws bum munud yn ddiweddarach, a'r angen am ddieithrio am ennyd oddi wrth sefyllfa Elliw yn gryfach nag erioed.

8

D OEDD HI DDIM wedi clywed sŵn chwerthin yng Nghraig
Ddu ers tro byd. Dyna a'i trawodd i ddechrau, wrth
iddi agor y drws ffrynt a cherdded i mewn. Chwerthin dyn
a dynes. Roedd y lle yn ogleuo'n wahanol hefyd, persawr
anghyfarwydd yn llyffanta ar yr aer.

Teimlodd am eiliad tybed a ddylai ei heglu hi i fyny'r
grisiau, a chadw o ffordd pwy bynnag oedd yn gallu gwneud
i'w thad chwerthin fel'na, yn union fel y byddai ei thad yn
arfer ei wneud pan oedd hi'n dŵad â rhywun adra. Roedd
y giglan wedi stopio ar sŵn clep y drws ffrynt, ond roedd
cywreinrwydd Myfi yn drech nag unrhyw ystyriaeth arall.

'Dach chi'n iawn?'

Roedd ei thad yn eistedd yn ei sedd arferol wrth fwrdd y
gegin, a bwnsiad mawr o *carnations* coch yn smart mewn fas
o'i flaen. Dynes fechan oedd hi, un dwt, ddiwastraff, a'i gwallt
byr wedi ei dorri'n dynn wrth ei chorun. Doedd hi ddim be
oedd Myfi yn ei ddisgwyl, hwyrach am ei bod y pegwn arall
i'w mam, o ran edrychiad, beth bynnag.

Roedd yr embaras ar wyneb ei thad yn amlwg.

'Sut wyt ti, Myfi? Gymri di banad?'

Dim ond wedyn y sylwodd ar y tymbler mawr o hylif
melynfrown oedd o flaen y ddau ohonyn nhw.

'Ne croeso i ti ga'l rhwbath arall, i gynhesu'r galon!' ategodd
Wil.

Chymerodd Myfi ddim sylw o'i eiriau, fel petai o rioed wedi
eu dweud.

'Dwi'n mynd i ffonio'r heddlu. Am Elliw.' Doedd Myfi ddim wedi meddwl deud y geiriau, ond allan ddaethon nhw. 'Ma hyn 'di mynd yn rhy bell.'

Edrychodd ei thad a'r ddynes ar ei gilydd am eiliad, a doedd Myfi ddim yn medru dirnad yr edrychiad.

'Janet ydy hon. Rhywun sy 'di bod yn ffrind da iawn i mi'n ddiweddar 'ma.'

'Helô, Janet,' meddai Myfi, a'i llais yn wag.

Gwenodd y ddynes wên ddiwastraff. Roedd ei llais, pan ddaeth o, yn ddyfnach ac yn gryfach nag oedd Myfi wedi ei ddisgwyl.

'Helô, Myfi, dwi wedi clywed lot amdanach chi gin eich tad.'

'Do, ma'n siŵr,' atebodd Myfi yn swta, a throi ei sylw yn ôl at Wil.

'Rhaid ni ffonio nhw, Dad. Yr heddlu. Ma'n bwysig bo' ni'n ca'l y neges allan ei bod hi ar goll, erbyn hyn. Ma 'di bod yn rhy hir rŵan.'

Edrychodd ei thad yn llwyd, yn hynach na'i chwe deg pedwar oed, a phob argoel o'r rhialtwch blaenorol wedi mynd yn wyneb y sylweddoliad.

'Yr hogan wirion 'na,' meddai, a'i lais yn gryg. 'Gneud traffarth, tynnu helynt a miri i'w chanlyn bob—'

Yna siaradodd Janet eto. 'Deud o'n i wrth Wil ella basan ni'n medru dechra ffonio rhei o'i ffrindia gynta. Holi ella bo' nhw wedi ei chlywed hi'n sôn am rwla oedd hi isio mynd iddo fo, rhyw ffrind...'

Teimlodd Myfi ryw ffyrnigrwydd heb ei ddisgwyl at hon, yn sefyll yma yng nghegin Craig Ddu, yn gwneud i'w thad chwerthin ac yn cynnig cyngor heb ei gymell.

'Sori, ond dach chi'n meindio cadw allan o hyn, Janet! Ma'n

chwaer bach i ar goll, a dwi'm yn mynd i ddechra cymryd cyngor gin rywun dwi newydd gyfarfod, sori!'

Syllodd y *carnations* arni'n edliwgar, a gallai Myfi deimlo'r waliau yn cau i mewn amdani, yn symud yn nes ac yn nes, gan bwyll.

'Dad? Ffonio'r cops?'

Cododd Wil ei ben, ac edrych arni. Amneidiodd y mymryn lleia, heb edrych i gyfeiriad Janet.

'Iawn,' atebodd Myfi. 'Wna i o rŵan, 'lwch. Gora po gynta 'ŵan, 'de?'

Ddeudodd y ddynes bach, Janet, ddim byd arall, dim ond troi ei chefn, a dechrau llwyo coffi'n dwmpathau twrch daear i mewn i fŵg.

Aeth Myfi drwadd i'r lolfa i ffonio.

9

A ETH MYFI ALLAN o'r gegin ac i lawr y coridor i'r lolfa, a chau'r drws ar ei thad. Ar Janet. Ar bawb.

Eisteddodd ar erchwyn y gadair o dan y ffenest ac estyn am ei ffôn. Doedd dim dwywaith mai cysylltu efo'r heddlu oedd y peth gora i'w wneud, y peth iawn i'w wneud. Ac eto, roedd o'n gam swyddogol, fel roedd ei thad yn ei ddweud. Yn gyfaddefiad bod hyn yn fwy na hogan ifanc isio llonydd oddi wrth ei theulu. Yn gyfaddefiad bod hyn yn ddifrifol.

Daeth cryndod drwy'r ffôn yng nghledr ei llaw. Rhif diarth. Syllodd arno, ac yn groes i'w harfer, penderfynodd ateb. Eiliad fasai'n gymryd i ddiffodd yr alwad tasai hi'n clywed llais ffug-gyfeillgar yr ochr arall yn trio gwerthu rhywbeth iddi. Roedd ei bawd yn hofran uwch yr eicon coch i ddiffodd yr alwad pan symudodd a phwyso'r eicon gwyrdd i'w dderbyn.

Aeth yr alwad yn syth i neges testun. Agorodd y neges.

HELP. TYD. COED. WIG. PLIS.

Tarodd aderyn yn feddw swnllyd yn erbyn y ffenest, gan beri i Myfi neidio o'i chroen, gan ollwng y ffôn ar y llawr. Syllodd arno, a gweld y crac fel gwythïen ar draws y sgrin. Ond roedd o'n gweithio o hyd, i'w weld.

Cododd y ffôn drachefn, syllu arno eto, a dechrau teipio, ei bysedd fel rhew.

PWY SY NA?

Dim. Syllodd ar y neges. Yna daeth yr ateb yn ôl, os ateb hefyd.

PWY...?

Be uffar oedd hynny i fod i feddwl! Teipiodd ei geiriau eto, gan ychwanegu'r ebychnod, sgwennu gwael ai peidio! Mi fasai'i chyd-newyddiadurwyr yn gwaredu!

PWY SY NA?!

Dim.

Yna cryndod o ateb eto.

ELL

Teimlodd rhyw sicdod yn cychwyn yn ddwfn yn ei stumog, ac ias oer yn cerdded drwyddi. 'Ell'. Talfyriad oedd yn gigl ac yn oglau gwm cnoi i gyd. Eu henw cyfrin nhw. Ell.

Pwysodd y botwm ffonio ar y rhif heb feddwl ddwywaith, ond canodd i mewn i wagle. Doedd hi ddim isio ateb. Ddim isio siarad. Ond roedd hi isio cyfarfod! Blydi hel! Roedd hi wedi rhoi digon o arwydd o hynny, siawns!

HELP! TYD!

Ond...

DWAD RWAN. PA GOEDWIG? ELL?

Dim byd am eiliadau ac yna

LLE ARFER

Be ddiawl oedd...? Ac eto roedd o'n amlwg. Roedd Elliw isio iddi hi fynd yn ôl i fynydd Cilgwyn, doedd! Yn ôl i lle oeddan nhw yn arfer mynd i chwarae. Ac roedd hi wedi sylwi fel petai o'r newydd ar y goedlan fach yna heddiw, fel tasai hi wedi codi fel madarchen dros nos, fel rhyw hud a lledrith oedd yn ei harwain at Elliw, a'i chyflwyno iddi hi fel trysor.

Crynodd y ffôn efo neges arall:

BEN DY HUN

OK

Doedd dim dwywaith bod Myfi yn mynd i ufuddhau i Elliw, gwneud beth bynnag oedd raid. Ac os mai mynd yno ar ei phen ei hun oedd hynny, wel, dyna ni. Roedd hi wedi arfer gorfod ennill tryst a ffydd unigolyn fel newyddiadurwr. Heb hynny doedd dim gobaith iddyn nhw agor i fyny fel blodyn a rhannu.

Dechreuodd yr anniddigrwydd, yr euogrwydd (be galwith hi o?) wrth fynd yn ôl i mewn i'r gegin gefn, a gweld wyneb ei thad. Doedd dim golwg o Janet.

'Ffoniest ti nhw?'

Syllodd Myfi arno am eiliad, a chofio nad oedd hi wedi ffonio'r heddlu.

'Dad, mae 'di cysylltu!'

'Ell?' Cododd o'i gadair a hanner baglu tuag ati. 'Ell? Ma Ell 'di ffonio? Ydy hi'n iawn? Ydy hi'n...?'

Roedd yr emosiwn fel cyfog yn ei lais, yn ei dagu. Aeth Myfi'n nes ato a'i wasgu'n dynn dynn, gan sylwi ar ryw sibrydiad o oglau *aftershave* ar ei groen. Safodd y ddau am hir, yn gafael yn ei gilydd, a'r ffaith bod Elliw'n fyw o hyd yn gwrlid drostyn nhw. Myfi dynnodd i ffwrdd gynta.

'Isio cyfarfod ma hi, Dad. Cyfarfod efo fi. Neb arall.'

'Mond chdi? Ond ma hi isio dŵad adra, ydy hi?'

'Fedran ni'm deud hynny, na fedran? Ma hi 'di cysylltu, dyna'r oll sy'n bwysig ar y foment, Dad.'

Help, dyna ddeudodd hi. Help. Doedd ei thad ddim angen mwy o ing. Doedd ei thad ddim angen gwybod mwy. Digon i'r diwrnod.

'Ond lle ma hi 'di... Ella 'swn i'n medru bod yno, cadw o ffordd, jyst i ga'l ei gweld hi?'

Edrychai ei thad mor welw, mor desbret.

'Dad, trystiwch fi, ocê? Dwi'n gwbod be dwi'n neud. Ma hi isio cyfarfod, dyna'r cwbwl 'dan ni'n wbod ar y funud, felly ei chyfarfod hi dwi am neud. Ar y mynydd. Ar ben fy hun. Un cam ar y tro, ia?'

Syllodd ei thad arni am eiliad, ei lygaid gwyrddion yn sgleinio, gyda'r sylweddoliad ella nad oedd ei Elliw o'n fodlon dŵad adra eto.

'Wnewch chi ffonio'r heddlu 'ta? Ches i'm cyfla.'

Nodiodd Wil, fel petai'n falch o wneud unrhyw beth i gael peidio teimlo mor ddiymadferth.

10

Y R UN BOI tacsi sydd wedi dŵad â hi yma. Cliff. Yn siarad efo hi tro 'ma fel tasan nhw'n ffrindia mawr, yn bobol sydd yn dallt ei gilydd ac yn fodlon agor eu bydoedd i'w gilydd. Unochrog ydy'r rhannu. Mae Myfi'n ebychu pob hyn a hyn ac yn syllu allan drwy'r ffenest ar y cymylau, a meddwl be mae hi'n mynd i ddeud wrth Elliw.

Mae'r celwydd yn dŵad yn hawdd wrth iddi ddeud ei bod hi'n cyfarfod ffrind i fynd i gerdded. Caiff Cliff ei fodloni a mynd i ffwrdd yn hapus ei fyd, wedi rhoi ei gardyn iddi a'i siarsio i ofyn amdano fo pan mae hi'n ffonio'r cwmni isio pàs yn ôl. Mae'n rhoi rhyw foddhad rhyfedd i Myfi wasgu'r cardyn wrth weld y car yn diflannu yn ôl i lawr i gyfeiriad y pentra. Ond tydy hi ddim yn ddigon gwirion i'w daflu, chwaith. Rhag ofn.

Does 'na ddim ond un lle sy'n rhywbeth tebyg i goedlan i'w weld ar y gorwel, yn gafael fel gelan ar ochr greigiog y bryn. Yr un un a welodd hi cynt. Casgliad bach pitw o goed ydy o, a'r canghennau yn plygu fel hen wragedd wedi blynyddoedd o wynt o Werddon. Mae hi'n dechrau cerdded tuag ato. Wrth iddi godi'n wynt, mae'r defaid yn dechrau swatio wrth fôn y clawdd.

Mae hi'n agored yma, dim lle i guddio. Wrth gerdded ymlaen, mae ei llygaid yn gwibio o gwmpas, yn sganio'r tirwedd am unrhyw awgrym ohoni, unrhyw liw neu symudiad anghyffredin. Chwibana'r gwynt felodi watwarllyd yn ei chlust.

Mae'r goedlan yn cynnig cysgod, yn fwy nag oedd hi wedi feddwl, wrth iddi gamu i mewn iddi. Mae'n syndod bod unrhyw goed wedi medru tyfu o'r pridd gerwin, meddylia. Does dim rhyfedd eu bod nhw'n tyfu'n gam ac yn hagr, yn cordeddu ac ymestyn allan i'r byd yn flin. Pam ddiawl fasa Elliw yn dewis cyfarfod yn fan'ma o bob man?

'Helô?'

Wrth iddi hi gerdded yn ddyfnach i mewn i'r goedwig, mae hi'n gweld yr hen garafán eto. Mae'n edrych fel petai wedi cael ei symud, ond yr ongl sy'n wahanol y tro yma, dyna'r cwbwl. Tydy hon ddim yn garafán sydd wedi gweld llawer ar y byd ers tro, o'i hedrychiad. The static tourer. Yr ocsymoron cyffedin mewn gerddi ffrynt swbwrbia, o Fersi i Fynwy. Saif yn erbyn llwydni'r awyr, yn gwisgo clogyn o gen, fel hen grwydryn mewn gwisg ffansi. Mae'r llenni tenau ffwrdd â hi wedi eu tynnu'n dynn dros y ffenestri rhyw dro gan rywun. Amser maith yn ôl, beth bynnag, tybia Myfi. Mae'r holl beth yn codi crîps arni. Dim fan'ma ma Elliw, debyg! Fasa'r chwaer bach sydd wrth ei bodd efo moethau bywyd byth yn bodloni i ddŵad i fyw i ryw ddympt fel hyn efo neb, mewn cariad neu beidio.

Gan brysuro heibio i'r garafán, mae Myfi yn teimlo'i hun yn cael ei llyncu gan y coed, yn gorff ac enaid, dim ei bod yn coelio mewn pethau felly. Ond mae pob smic hefyd yn cael ei sugno i mewn, fel bod yna ddim arwydd ohoni ar ôl. Wrth fynd yn ddyfnach i mewn i'r goedlan, mae'r mwsog yn drwch carpedog dan ei thraed, yn dyfnhau'r teimlad o arwahanrwydd. Ar un lefel mae 'na rywbeth reit gysurus mewn bod mewn cocŵn bach o wyrddni.

Pan glywa sŵn brigyn yn clecian, mae'n swnio fel gwn. Mae'n fferru. Shit. Shit. Shit. Be ddiawl sy'n bod arni?! Mae hi wedi anghofio am funud bod Elliw wedi ei gwahodd yma! Bod rhywun... Mae'n dal ei gwynt, ei llygaid yn gwibio o'i blaen. I'r chwith. I'r dde. Dim. Dim ond y coed hynafol yn eu cwman, wedi hen orffen crafangu am y golau.

Mae arni ofn troi rownd, ofn sbio'n ôl o lle mae hi wedi dŵad. Signal. Sut signal fasai yn fan'ma ar ben y mynydd, ac yng nghanol coedlan fach? Sut fasai hi'n medru galw am help?

Symud mlaen ydy'r unig opsiwn. Un droed, wedyn un arall. Mae yna olau yn dod i'r chwith iddi, a'r coed ychydig yn deneuach. Ffin. Mae'n symud at y golau. Ac wedyn mae pob dim yn mynd yn ddu.

11

Düwch.

Daeth yn ymwybodol o lais rhywun bron yn union yr un pryd ag y daeth yn ymwybodol o'r boen ar ochr ei phen.

'Ti'n ocê? Ti'n iawn?'

Roedd y llais yn... Roedd hi'n nabod...

Ac yna:

'Myf?'

Edrychodd i fyny ac roedd Geth yn sefyll yno, ei wyneb wedi diflannu i mewn i'w hwd bron iawn, ond y consýrn yn llenwi ei lais.

Saethodd ei llaw i fyny at ei phen a gweld ei bod yn gwaedu.

'Baglu wnest ti, dros ryw wreiddyn ne rwbath. Est ti lawr fel carrag!'

'Ond sut w't ti...?'

Roedd ei phen yn dal i guro, ei geiriau yn drybowndian tu mewn iddi.

'Dy dad ddudodd. Ma fan'ma oedda chdi. 'Di ca'l neges ne rwbath? Gin Ell? Gin Elliw?'

Roedd ei lais o'n cnocio'r geiriau i mewn i'w phen fel hoelion.

'Yli, sbia arnaf i, Myf. Ti'n medru 'ngweld i'n ocê? Ne'n gweld dau ohonaf i?'

'Blydi hel, mae un ohona chdi'n ddigon!' mwmiodd Myfi, gan wneud i Geth chwerthin yn uchel.

'Wel, ti'n ddigon da i roi *abuse* i mi, 'lly!'

Chwarddodd Myfi ddim yn ôl. Roedd hyn i gyd yn blydi niwsans. Dŵad yma i weld, i nôl Elliw adra os yn bosib oedd hi, ac ar ei phen ei hun oedd hi i fod i ddŵad. Fel oedd ei thad hi'n gwbod! Be oedd yn bod arno'n deud wrth Geth o bawb lle oedd hi, ac yn disodli bob dim? Tasai Geth ddim 'di bod yma, fasai hi ddim wedi dychryn a baglu fel'na! Mi fasai hi wedi medru gweld Elliw.

'Fedri di sefyll yn iawn ar dy ffera? Ty'd i mi ga'l gweld!'

Cyn i Myfi fedru gwrthwynebu roedd o wedi cwmpasu ei freichiau cryf amdani a'i thynnu i fyny i sefyll.

'Geth, be ddiawl ti'n…?'

Doedd 'na ddim poen wrth iddi sefyll. Ond allai hi ddim gwadu'r cysur roedd ei freichiau amdani yn ei gynnig, ei gyhyrau yn galed ac yn soled.

'Dwi'n iawn! Ocê? Jyst gad lonydd i mi 'ŵan, iawn? Dwi'n ocê!'

Edrychodd Geth arni, a rhyw hanner gwên yn chwarae ar ei wefusau.

'Ti'n hollol iawn, dw't? Mi wna i fynd rŵan, 'lly.'

'Ia, dos. Rho blincin lonydd i mi! Dos yn ôl at dy waith!'

Safodd i fyny a brwsio'r deiliach i ffwrdd o'i throwsus. Roedd ei phen yn dal i guro.

'Dwi angen ffendio Elliw.'

'Iawn. Dallt. Lle fasa hi, ti'n meddwl? Fyny coedan?'

Rhythodd Myf arno. Roedd o'n tynnu ei choes, fel roedd o'n arfer wneud.

'Fan'ma ddudodd hi, a wedyn…'

Cofiodd Myfi'n sydyn am y garafán. Doedd bosib bod Elliw yno, ond o leia fasai hi'n medru deud ei bod hi wedi archwilio pob posibiliad tasai hi'n cnocio ar ei drws i wneud yn siŵr.

'Ma 'na rwla dwi ddim 'di ca'l cyfla i sbio. Cyn i ti 'nychryn i! Y crinc!'

Cododd Geth ei ddwylo i fyny, a'r hanner gwên ddiawl yn dal yno.

'Iawn! Dallt! Dwi'n mynd!'

Dechreuodd Geth symud i ffwrdd. Wrth iddo edrych ar ei gefn yn symud, teimlodd Myfi yn uffernol o unig.

'Geth?'

Stopiodd Geth a throi.

'Rho ddeg munud i mi? Ella ga i lifft adra? Ond arhosa'n y car. Dwi'm isio chdi yma. Mond lifft...'

'Sut fedra i wrthod? ' atebodd Geth, gyda gwên. 'A chditha'n gofyn mor glên!'

Roedd Myfi'n fwy gofalus wrth droedio i gyfeiriad y garafán, gan edrych ar y llawr a'r gwreiddiau oedd yn corddeddu fel nadroedd dan ei thraed. Wrth wneud hyn teimlai fod y garafán yn bellach nag oedd hi'n feddwl, a'r goedlan eto'n teimlo fel petai'n cau amdani, yn anadlu arni.

Llenni tenau oeddan nhw, a phatrwm y blodau Laura Ashley-aidd mewn gwrthgyferbyniad â budreddi a rhwd gweddill y garafán. Roedd y stepan fach rydlyd o dan y drws yn dal yno, er mwyn hwyluso mynediad i mewn ac allan i rywun, rhywdro.

Cnociodd Myfi ar y drws, gan deimlo'n dwp o wneud, fel tasai hi mewn ffilm arswyd. Y math o ffilm lle dach chi'n methu dallt pam gebyst mae'r prif gymeriad yn gwneud rhywbeth mor wirion! Roedd hi'n amlwg nad oedd unrhyw un i mewn yn y garafán. Doedd dim olion byw o gwbwl.

Ewyllysiodd ei hun i sefyll yno am funud gron gyfan, cyn troi ar ei sawdl a dechrau cerdded yn ofalus i'r cyfeiriad o ble daeth Geth, ei llygaid yn sgubo ar draws y llawr yn chwilio am unrhyw beth yn perthyn i Elliw. Maneg. Clustdlws. Stwmp sigarét hyd yn oed, a lipstig coch yn gusan arno.

Hi oedd wedi camddallt mae'n rhaid. Meddwl mai'r goedlan yma roedd Elliw yn ei feddwl, dim ond ella oherwydd dyma oedd yr un oedd uchaf ym meddwl Myfi am ei bod newydd ei gweld. Ac mi oedd Elliw yn aros mewn rhyw goedlan arall amdani, ei chalon yn rasio, ei llygaid fel soseri wrth iddi chwilio allan am Myfi i ddŵad i'w... be? I'w hachub?

Be wnaeth i Myfi droi yn ôl ac edrych drachefn ar y garafán, doedd hi ddim yn gwybod. Cip sydyn. Digon i weld y llenni tenau blodeuog yn symud fymryn, cyn syrthio eto dros y ffenest.

12

Pan gyrhaeddodd Myfi a Geth Craig Ddu, roedd 'na ddau gar heddlu yn loyw yn y cowt, mor amlwg â phetai seiren pob un ymlaen. Gallai deimlo llygaid y gymdogaeth wedi eu serio ar y tyddyn.

'O, blydi hel!'

Cydiodd rhywbeth yng ngwddw Myfi a chau gollwng. Oeddan nhw wedi ffendio... rhywbeth? Oeddan nhw wedi dŵad o hyd i Elliw?

'Yli, ti isio i mi ddŵad i mewn yna efo chdi? Jyst i fod yn gefn?'

Mi fasai hi mor hawdd iddi ddweud 'Oes' a theimlo cadernid Geth yn ei hymyl. Roedd hi wedi bod yn falch ohono ar ôl y busnes efo'r garafán gynnau. Wedi bod yn bathetig o falch o'i weld yn aros amdani yn ei gar fel roedd o wedi addo, wedi gwerthfawrogi'r ffaith ei fod wedi gwrando yn amyneddgar arni wrth iddi arllwys y stori am y llenni'n symud, heb gynnig dadansoddiad.

'Dwi'n iawn. Fydda i'n iawn, Mi fydd Dad yna.'

Camodd allan o'r car cyn iddi ailfeddwl, a diolch i Geth am y lifft. Ceisiodd anwybyddu'r olwg bryderus oedd ar ei wyneb.

Clywodd leisiau yn dŵad o'r parlwr ffrynt ac aeth i mewn. Roedd dynes ifanc yn eistedd yno efo'i thad, a chwpan a soser yn sigledig ar ei glin, fel petai hi rioed wedi gorfod ymdopi efo nhw o'r blaen. Doedd hi ddim mewn iwnifform. Roedd ei thad yn eistedd gyferbyn â hi, mewn cadair doedd hi erioed yn cofio iddo eistedd arni o'r blaen, ei bengliniau wedi eu gwasgu at ei gilydd yn ddelicet, mewn ystum oedd hefyd yn annaturiol. Edrychai'r sefyllfa fel rhywbeth allan o gomedi sefyllfa, meddyliodd Myfi, ond bod marc slwj y deryn chwil oedd wedi taro yn erbyn y ffenest gynnau yn staen ar y ddelwedd ddomestig ddelfrydol.

Trodd y ddau ati hi'n ddisgwylgar pan ddaeth i mewn.

Cododd y ddynes ar ei thraed yn drwsgwl, gan golli ychydig o'i the ar y carped, nid fod neb wedi deud dim byd.

Roedd hi'n edrych yn gyfarwydd; yn y ffordd y mae pawb mewn ardal fechan gefn gwlad yn edrych yn gyfarwydd.

'DC Haf Parry, Swyddog Cyswllt Teulu'r heddlu. Liaison Officer,' ychwanegodd, efallai o weld golwg ddryslyd Myfi. 'A chi ydy...?'

'Myfi,' atebodd ei thad drosti. 'Y chwaer fawr.'

Adra, roedd ei hunaniaeth yn dibynnu wastad ar gyd-destun teuluol. Merch Wil. Chwaer fawr Elliw...

'Roedd eich tad yn deud eich bod wedi cael rhyw fath o decst gan Elliw.'

Doedd hon yn amlwg ddim yn un am fân siarad.

Damia, pam ddiawl oedd ei thad isio agor ei geg am y tecst wrth hon! Roedd yn ddigon drwg ei fod wedi agor ei hen hopran wrth Geth. Pam sa fo 'di disgwyl tan i Myfi ddŵad yn ôl ar ôl trio cyfarfod efo Elliw, rhag ofn?

Am eiliad ym mhen Myfi, daeth Elliw i mewn i'r stafell, a loetran ger ffrâm y drws, yn llawn embaras, yn llawn her. Yn Elliw.

Ddeudodd ei thad ddim byd rŵan, dim ond eistedd yno, ac edrych arni, yn ingol o ddisgwylgar.

'Doedd o'm byd. Doedd 'na'm golwg ohoni yn lle oedd hi'n ddeud.'

Wrth y blismones ddeudodd hi'r geiriau, er mwyn osgoi edrych ar y siom yn llygaid ei thad.

'*Hoax*, ma siŵr,' ychwanegodd Myfi. 'Rhywun yn chwara o gwmpas. Neu Elliw yn malu awyr.'

'Ai o rif Elliw gwnaethpwyd yr alwad?'

Ond o edrych ar wyneb DC Haf Parry, gwawriodd y posibilrwydd arni, fel rhyw ddatguddiad mawr. Sut uffar sa hi wedi gallu bod mor naïf!

'Naci. Rhif diarth. Do'n i rioed 'di...'

Edrychodd pawb ar ei gilydd.

'Dyna pam o'n i'n meddwl wedyn ma *hoax*...'

'Ond gall fod yn arwyddocaol,' oedd y cyfan ddeudodd y blismones. 'Ydy hi'n iawn os dwi'n gallu gweld eich ffôn chi, Myfi? A'i gadw am chydig, i'w archwilio?'

'Rho fo iddi, boi,' meddai ei thad, a'i lais yn rhyfedd.

Shit. Gobeithio nad oedd hi'n mynd i golli ei ffôn am ddiwrnodau, wythnosau, ella. Ei ffôn gwaith oedd hwn hefyd, yr unig un oedd pawb yn yr *Journal* yn medru cysylltu â hi arno.

Aeth yn oer wrth gofio hefyd bod yna rifau ffôn a negeseuon preifat arno. Y dynion roedd hi'n eu cyfarfod ar-lein ac yn cael ffling boeth a dibwys efo nhw. A'r sylwadau byr pryfoclyd oedd wedi bod rhyngddyn nhw. Ac ar yr un pryd, ffieiddiodd ati hi ei hun am boeni am hynny dan yr amgylchiadau. Meddyliodd am y crac ar draws sgrin ei ffôn. Yn hollt.

Roedd hon yn siarad eto. Sylwodd Myfi ar fymryn o ddandryff yn eira mân ar ysgwyddau ei hiwnifform.

'Ac wrth gwrs os nad Elliw yrrodd y neges...'

'Dwi'n siŵr ma Elliw yrrodd y neges!' Doedd Myfi ddim wedi disgwyl i'w llais fod mor uchel. 'Dwi'n bendant. Roedd o yn Gymraeg i ddechra!'

'Mae 'na bobol ddrwg Gymraeg weithia 'fyd!' awgrymodd y DC gyda hanner gwên.

'Ond dwi'n siŵr 'swn i'n gwbod tasa...' Ac yna edwinodd ei llais yn edefyn tenau.

Crogodd y geiriau nesa yn yr aer rhyngddyn nhw, heb wreiddio. Mi fasai hi'n gwybod os mai rhywun heblaw Elliw oedd wedi gyrru'r neges.

Estyn ei llaw allan am y ffôn wnaeth DC Parry, a sodro ei gwên broffesiynol oedd ddim yn wên o gwbwl, wrth wneud.

'Diolch am gydweithredu efo ni. Gewch chi o'n ôl cyn gynted ag y byddwn ni wedi gorffen efo fo.'

Doedd hynny'n deud dim byd, meddyliodd Myfi wrth basio iddi'r cas coch efo'r ffôn ynddo, gan obeithio nad oedd hi wedi gwrido gormod. Pitw gonsýrn yn y darlun eang, roedd hi'n cydnabod hynny.

'A rhag ofn daw tecst arall yn y cyfamser, mae'n bwysig mai chi sy'n ymateb.'

Rhoddodd y ffôn mewn bag tryloyw a sgwennu rhywbeth ar label oedd arno. Exhibit One, myn diawl. Dechreuodd y DC siarad eto.

'Dwi wedi bod yn siarad efo'ch tad am Elliw, a holi oedd 'na rywbeth yn ei phoeni hi, rhywbeth wedi newid yn ei hymddygiad hi'n ddiweddar. Rhywbeth o... gonsýrn?'

Deffrodd ei thad, fel mwnci cogio mewn arcêd, fel tasai rhywun wedi rhoi deg ceiniog yn ei gefn i neud iddo weithio.

'Tydy hi'm ar ddrygs na dim, os ma hynny dach chi'n feddwl! Ma hi'n hogan iawn. Digon o lond llaw weithia, tydy, Myfi, fel ma'r genod ifanc 'ma weithia. Ond tydy hi'm yn gneud dim efo'r miri drygs 'ma!'

'A Myfi?' gofynnodd y blismones eto. 'Be dach chi'n feddwl?'

'Wel, dwi'm yn byw yma, fel dach chi'n gwbod ma siŵr. Dwi'm 'di ca'l cyfla i fod efo hi'n iawn ers…'

'Ond iesgob, yn y byd *social media* 'ma, 'dan ni'n medru cysylltu efo unrhyw un, unrhyw amser, tydan? Os 'dan ni isio?'

'Sgynnoch chi chwaer o gwbwl, DC Parry?' gofynnodd Myfi.

Aeth llygaid y blismones fel soseri wrth glywed y cwestiwn annisgwyl. Oedodd Myfi ddim am ei hateb.

'Tydan ni'm yn byw ym mhocedi'n gilydd! Ddim *Little Women* ydy bywyd! Dwi yma iddi hi, os ydy hi isio fi. Ond 'dan ni'm yn gyrru negeseuon di-ri os nad oes raid…'

'Ac eto, atoch chi mae hi'n gyrru'r neges rŵan. Meddech chi.'

Plymiodd tymheredd y stafell i lawr radd neu ddwy wrth i Myfi syllu i lygaid oer y blismones fach, oedd wedi gweld mwy nag y dylai unrhyw un ei weld yn ei hoedran hi.

Gwibiodd geiriau a theimladau drwy Myfi, a diflannu cyn iddi fedru eu sodro i lawr a'u dal. Oedd hon yn amau ei bod yn deud celwydd am gael neges oddi wrth Elliw? Ei bod wedi ffugio'r neges mewn rhyw ffordd, ac am ryw reswm? Achos yn meddwl y blismones fach yma, fasai'r Elliw yma, yr Elliw doedd hi ddim wedi ei gweld ers misoedd lawer, yr Elliw hormonal gocwyllt anystywallt, fasai hon ddim yn estyn allan am ei chwaer fawr o gwbwl! Ddim hyd yn oed mewn argyfwng fel hyn.

'Oedd 'na sôn am gariad?'

Wil atebodd .

'Soniodd hi ddim, er ei bod hi'n mynd allan ddigon, wedi dolio fyny i gyd! Ond ella ma cyfarfod ar y mynydd oeddan nhw, y ffrindia. Fel oeddan ninna.'

Roedd Myfi hefyd yn ei hoed hi wedi gwneud y mynydd yn fan cyfarfod, ac yn yfad cania oeddan nhw 'di bachu o dŷ rhieni, dan lygad marwaidd y defaid.

'Dach chi'n gweithio i'r *Journal* yn Lerpwl fel arfer, medda'ch tad?'

Syllodd Myfi arni, a nodio. Am ddyn tawel, roedd ei thad yn amlwg wedi bod yn siarad fel pwll y môr!

'Yndw, yna ers dwy flynedd erbyn hyn.'

'Ond dach chi adra rŵan?'

'Yndw!' meddai Myfi. Be ddiawl oedd gan hynny i neud efo dim byd?

'Am gyfnod hir?'

Cerddodd Myfi at y ffenest a gosod ei bys ar hoel yr aderyn ar y ffenest. Drws nesa iddo, roedd 'na grac fel blewyn, rhywbeth doedd hi ddim wedi sylwi arno o'r blaen. Symudodd ei bys draw at hwnnw. Gallai deimlo'r mymryn gwendid yn y gwydr hollt yn crafu croen ei bys. Trodd i wynebu'r blismones a'i thad.

'Ma'n gymhleth. A sgynno fo ddim... ddim byd o gwbwl i'w neud efo be sy 'di digwydd efo... diflaniad Elliw, nag oes? Dim. Byd. O gwbwl.'

Daliodd y DC ei llygaid unwaith eto, sgwennu rhywbeth yn ei llyfr bach du, ac yna gwenu'n gymodlon.

'Rhaid i mi ofyn eto. Oedd Elliw yn ymhél efo cyffuriau o gwbwl? I chi wybod?'

Cododd Wil ei lygaid a rhythu arni.

'Sawl gwaith sy isio deud? Sa'n hogan bach i byth yn mela efo petha felly!'

Edrychodd Myfi a DC Haf ar ei gilydd am yr eiliad lleia.

'Dach chi 'di sylwi ar ryw... newid arall ynddi hi? Rhyw ddillad ne *trainers* newydd ella, petha drud, a chitha'm yn siŵr o lle cafodd hi nhw!'

'Ma Sylvia'i mam hi yn prynu petha drud iddi er mwyn ennill ei ffafr hi weithia, 'de. Ond ma Ell yn gweld drwyddi, reit siŵr!'

'Ond dim byd arall... Dim byd mwy...?' Trodiodd y blismones yn ofalus. Bachodd Myfi yr abwyd.

'Llinella Sirol. County Lines. Hynna sgynnoch chi ia?'

Nodiodd honno. 'Mae o'n bla. Yn broblem fawr iawn i ni yng nghefn gwlad 'ma erbyn hyn. Ac efo chitha mor agos i ddinasoedd fatha Lerpwl a Manceinion, ma gogledd Cymru fel pot mêl i'r gangiau cyffuriau 'ma.'

Dal i edrych yn ddryslyd oedd Wil. Mi fyddai'n rhaid i Myfi gael gair distaw efo fo am y peth wedyn, i wneud yn siŵr nad oedd yna rhyw gliw. Roedd hi'n anodd i Myfi gredu hynny am Elliw, ac eto naïf fasai peidio ei ystyried.

Ar hynny, clywodd Myfi rhyw daran isel uwchben; rhywbeth yn cael ei symud yn un o'r stafelloedd yn y llofft. Yn stafell Elliw. Doedd hon ddim wedi dŵad yma ar ei phen ei hun, felly.

Neidiodd Wil ar ei draed, a sbio i fyny at y nenfwd, fel tasai'n disgwyl gweld troed plismon yn torri drwy'r plaster, fel mewn cartŵn. Simsanodd fymryn.

'Ffendiwch chi mohoni hi dan gwely, na wnewch! Na thu ôl i'r blydi wardrob!'

Cofiodd Myfi am ryw stori roedd hi wedi sgwennu amdani yn ochra Bootle, a hogan fach wedi cael ei chuddio dan gwely'r dyn drws nesa am dros wythnos. Gwyddai hefyd mai'r teulu agosaf oedd yn cael eu hamau gyntaf mewn unrhyw achos o ddiflaniad.

Roedd wyneb ei thad yn goch, a'i lygaid yn sgleinio'n rhyfedd.

'Sa'm gwell bo' chi allan yn fanna'n chwilio, yn lle bo chi dros y lle 'ma fatha chwain! E?'

Gwenu yn broffesiynol wnaeth y DC, yn amlwg yn gyfarwydd efo adwaith fel hyn dan y fath amgylchiadau. Roedd ei phroffesiynoldeb llugoer yn dechrau crafu ar nerfau Myfi hefyd.

'Mae yna dystiolaeth bwysig yn medru bod yn y cartref pan mae rhywun yn mynd ar goll, Mr Elias. Ma'n bwysig bo' ni'm yn colli unrhyw gliw lasa fod yn bwysig i ni ffendio lle ma Elliw.'

Doedd ei thad ddim mewn hwyliau cymodlon.

'Colli unrhyw gliw? Wel, ewch 'ta! I chwilio am eich cliwia! Yn lle… yn lle holi'n perfadd ni yn fan'ma! A sôn am ryw blydi drygs a ballu! Ewch o 'ma, wir Dduw!'

Cymerodd Wil gam at y blismones, ac ailfeddwl. Eisteddodd yn ôl yn ddisymwth yn ei gadair, a rhoi ei ben yn ei ddwylo.

Roedd yn rhyfedd mai dim ond ar yr eiliad honno y sylweddolodd Myfi fod ei thad wedi bod yn yfed.

13

GORWEDDAI MYFI YN ei gwely cul yn syllu i fyny ar y papur wal blodeuog. Papur wal yr oedd wedi mynd efo'i mam i Fangor i'w ddewis pan oedd hi'n un ar ddeg, mis cyn iddi ddechrau yn yr ysgol uwchradd. Cyn i bethau newid. Y ddwy ohonyn nhw wedi mynd yn y Mini bach, fel dwy ffrind, a'i mam wedi gadael iddi ddewis unrhyw batrwm oedd hi isio, er mai un y basai ei mam hefyd yn lecio ddewisodd Myfi. Papur wal doedd ganddi hi na neb y galon i'w newid, er bod ei dyddiau 'blodeuog' ymhell y tu ôl iddi.

Roedd hi wedi cysgu'n drwm y ddwy noson gyntaf iddi fod adra, ond heno roedd hi wedi bod yn syllu ar y papur wal ers oriau, wrth i'r golau gryfhau yn raddol yr ochr arall i'r llenni, wrth i'r blodau ddechrau ymchwyddo ar y papur wal. Geiriau a delweddau'r diwrnod oedd yn gwmni iddi hi os oedd hi'n mentro cau'i llygaid: carafán yn ei chwman yn gwgu ar y goedwig fach o'i chwmpas, geiria'r blismones yna, â thro weiran bigog ym mhob brawddeg, cadernid Geth wrth iddo afael ynddi ar ôl iddi syrthio. A'i thad.

Roedd o'n arfer bod yn hoff o beint neu ddau yn y Crown ar benwythnos, ac yn aml iawn yn prynu Party Pack pan oedd 'na gemau Chwe Gwlad neu ryw gêm bêl-droed go dda. Pam felly oedd o'n sioc iddi hi fod wedi clywed ei lais yn floesg o flaen y blismones, ei draed yn simsan a'i wynt yn felys? Fasa fo mo'r cynta i droi at y botel mewn cyfnodau anodd, wrth reswm. Doedd y peth bron iawn yn ddisgwyliedig! Roedd ei wraig o wedi'i adael o, ei ferch hyna wedi mynd i weithio i ffwrdd, a'r fenga wedi mynd oddi ar y rêls! Ella mai'r Janet 'na oedd y bai, yn ei hudo fo ati hi drwy fwrllwch alcohol ar ryw nos Sadwrn yn y Crown. Doedd 'na fawr o ddim byd arall o'i phlaid, o be welai Myfi. Cofiodd am y ddau yn chwerthin fel cariadon yn eu harddegau pan gyrhaeddodd y tŷ. Neu'n chwerthin fel dau hen hasbîn canol oed yn ffeindio'u personoliaeth mewn potel. O leia roedd gan ei mam bersonoliaeth pan oedd hi'n sobor!

★★★

Roedd yr heddlu wedi mynd ar ôl rhyw awr arall o chwilio a chwalu. Yn gwrtais. Ond yn drwyadl. Gan adael ei thad a hithau, y ddau ohonyn nhw, yn teimlo fel petaen nhw wedi cael eu diberfeddu.

Ddeudodd Wil ei fod am fynd am ryw gyntun bach ar y gwely am awr, a dyna fu. Doedd 'na'm golwg o Janet.

Aeth Myfi hefyd i fyny'r grisiau ond nid i'w stafell wely ei hun. Yn hytrach, gwthiodd ddrws stafell Elliw ar agor. Doedd o ddim yn teimlo'r un fath. Pan oedd Elliw'n fengach, roedd hi wedi mynd drwy'r cyfnod o gael y rhybuddion 'Cadwch allan' ar ei drws mewn arddulliau gwahanol, neu roedd yna boster newydd bob tro roedd Myfi'n dŵad adra o Lerpwl. Doedd hi ddim wedi bod yn y stafell ers tro, felly. Ac yn sicr ddim efo Elliw yn absennol o'r lle. Roedd yr heddlu wedi gwneud ymdrech i dacluso ar eu holau a bod yn deg, felly doedd o ddim yn edrych fel bwrgleriaeth. Roedden nhw wedi sbio dan y gwely, yn amlwg, ac wedi stwffio'r bocsys yn ôl yn igam ogam, ac roedd 'na ofod heb lwch lle roedd gliniadur Elliw yn arfer bod. Sylwodd Myfi fod yna lyfrau wedi eu cymryd oddi ar y silff lyfrau, lle cadwai lyfrau nodiadau a dyddiaduron pan oedd hi'n fengach. Edrychai'r gofod fel dannedd ar goll mewn gwên.

'Think homicide.' Cofiai eiriau'r plisman hwnnw yr aeth i'w gyfweld ar gyfer rhyw stori am ddiflaniad bachgen bach o ardd yn ystod un haf poeth. Roedd y pwll padlo yn dal yno, a dail wedi dechrau setlo ar wyneb y dŵr; y siglen yn dal i simsanu yn y gwynt lle roedd y bychan wedi bod yn chwarae ddiwrnod ynghynt. Amau llofruddiaeth oedd y peth uchaf ym meddwl torfol yr heddlu wrth i blentyn fynd ar goll. Pryd oedd yr amheuaeth honno yn dechrau cael ei glastwreiddio?

Trodd Myfi ar ei hochr yn y gwely, gan obeithio troi cyfeiriad ei meddyliau hefyd. Mi weithiodd, ac ymhen hanner awr roedd hi'n cysgu, a'i phen yn llawn o ddroriau wedi hanner eu hagor, a dillad yn tywallt yn chwd amryliw allan ohonynt.

14

P<small>AN FFONIODD</small> G<small>ETH</small> y tŷ bore wedyn i holi oedd hi isio mynd am beint a swper i'r Crown, gwrthod wnaeth hi. I ddechrau.

'Dallt os ti'm yn barod... Dallt os ti'm... Ond jyst peint fydd o. Ella ddau os ti'n lwcus!'

Roedd ei chwerthiniad yn swnio'n wacach iddi nag y dylai fod. Doedd neb yn y gegin eto, er ei bod yn tynnu am ddeg. Newydd gael brecwast oedd hi, ac yn meddwl tybed pryd fyddai'i thad yn gwneud ymddangosiad, ar ôl i'r cyntun hanner awr droi'n KO drwy'r nos.

'Dwi'm yn haslo chdi, wir! Jyst bo' fi 'di tesctio chdi ddwywaith bora 'ma, Myf, a wnest ti'm atab a wedyn...'

'Heddlu 'di cymryd 'yn ffôn i.'

'Be?'

'Pnawn ddoe.'

'Ond pam? Be ma nhw'n feddwl ti 'di...? '

'Dio'm yn sioc, ma siŵr, nac'di?' atebodd Myfi. 'Isio sbio mewn i rif Elliw. Medran nhw ddeud lle oedd hi pan gysylltodd hi. *GPS Tracking* a ballu, 'de!'

'A, reit. Ia, siŵr o fod,' atebodd Geth.

'Ddylian nhw ddim bod yn hir medda hi.'

'Pwy?'

Oedd Geth wedi meddwi hefyd? Doedd o'm yn gneud lot o synnwyr, meddyliodd Myfi.

'Y blismones,' atebodd o'r diwedd. 'Wsti be? Dwi'n weddol siŵr bo' fi 'di gweld hi'n rhwla o blaen, sti.'

'Dyna dechneg y Cops dyddia yma, 'de, rhoi pobol sy'n nabod yr ardal a'r bobol mewn lle. Esgus bo' nhw'n ffycin un ohonan ni!'

'Wow! Wnes i'm dallt bod chdi 'di mynd mor with- sefydliadol!'

'Dydw i ddim, jyst… Eniwe, be ti'n ddeud 'ta? Am y Crown heno? Neith les i ti. Cael chdi allan o'r tŷ. A gei di ddeud yr hanas.'

'Pa hanas?'

'Wel, y plismyn 'de! Be o'dd gynnyn nhw i ddeud.'

'Do'dd gynnyn nhw ddim lot i ddeud, Geth! Ond roeddan nhw'n holi digon! Isio gwbod pob dim amdani. Isio holi amdanan ni.'

'Amdanan ni? Chdi a fi, 'lly?'

'Naci, siŵr! Pam fasan nhw isio gwbod hynny? Am Elliw a fi! Sut oeddan ni'n cael mlaen a ballu!'

'O, reit. Ia, ma siŵr ma'r teulu ydy'r…'

'Iawn!' Ymgais i gau ceg Geth oedd cytuno, i raddau, i atal llif y sgwrs. I stopio geiriau, unrhyw eiriau. Geiriau oedd wedi ei chadw'n effro am gyhyd neithiwr. Doedd hi ddim yn barod am fwy.

'Mi ddo i, 'ta. I'r Crown. Heno 'ma.'

'Bryna i swpar i chdi os ti isio tsiênj.'

'Sdim rhaid i chdi, Geth.'

'Gwbod hynny, dydw? 'Swn i'n lecio!'

'Dio'm yn…'

'Be?'

'Dio'm yn ddêt na dim byd, ocê? Dwi'm isio…'

'Dau ffrind yn mynd am beint a pei a tsips. Dwi'm yn meddwl bod hynna'n mynd i lawr mewn hanas fatha *Romance* y Ganrif nac'di?'

'Jyst bo' chdi'n dallt, Geth.'

'Biga i chdi fyny am chwech?'

'Gerdda i. Wela i di yna am handi chwech, 'ta.'

Roedd y syniad o gerdded i'r Crown dan ei stêm ei hun yn apelio. Yn atgyfnerthu'r syniad ei bod yn annibynnol, a'i bod hi'm angen cael lifft gan Geth na neb arall er mwyn gwneud ei ffordd yn y byd. Ond am faint oedd hi'n mynd i fedru goroesi adra heb fath o drafnidiaeth oedd yn gwestiwn arall. Petai hi'n aros yma'n barhaol, mi fasai hi wrth gwrs yn prynu car. Ond be oedd pwynt hynny, a hitha'n mynd i ddychwelyd i Lerpwl unwaith oedd Elliw yn dŵad adra neu... Neu tan i betha newid...

'Pwy oedd ar ffôn?'

Dychrynodd Myfi o glywed llais Wil y tu ôl iddi. Doedd hi ddim wedi sylwi ei fod wedi syfflan symud i mewn i'r gegin. Ers faint oedd o'n gwrando ar ei sgwrs?

'Mond Geth. Fydda i'm adra i swpar heno.'

'Hwnnw'n ôl ar y sin yn handi iawn, tydy?' mwmiodd Wil, a'i lais yn dew.

Cododd Myfi ei phen ac edrych yn iawn arno eto, cyn ei ateb.

'Tydy o'm yn 'ôl ar y sin' nac'di! Dim fod o'n fusnas i neb arall tasa fo!'

'Mmm... Misio chdi ga'l dy frifo. Anodd tynnu cast o hen geffyl, cofia!' mwmiodd ei thad.

Oedd o dal yn feddw, meddyliodd Myfi? Doedd o ddim yn swnio fel fo'i hun.

'Golwg ddiawledig arna chi!'

Doedd hi ddim wedi bwriadu llefaru'r geiriau yn uchel.

'Am be ti'n rwdlan, d'wad?' meddai, gan rythu arni.

Aeth Wil heibio iddi, estyn gwydr tal o'r cwpwrdd, ei lenwi

efo dŵr o'r tap, ac yna drachtio'n awchus. Roedd o'n dal yn nillad ddoe ac roedd ei wallt fel tasai rhywun wedi rhoi soced lectrig yn ei din o. Ac roedd o'n drewi. O chwys a diod. Ei thad ei hun yn drewi fel hen drempyn.

'Tydy hitio'r botal ddim yn mynd i helpu neb ohonan ni, nac'di?'

'A be wyddost ti am ddim byd, d'wad?' atebodd ei thad yn ddistaw, ond heb guddio'r goslef chwyrn oddi tanodd, goslef nad oedd hi rioed wedi clywed ganddo o'r blaen. Ei thad annwyl, goddefgar, rhadlon.

Trodd ei gefn arni, rhedeg y tap, llenwi ei wydr am yr eilwaith, ac yfed yn fwy cymhedrol y tro hwn, gan syllu allan ar yr iard.

'Lle ma hi, d'wad, Myf? Lle ma hi'n cuddio? Ma'n dechra mynd yn hir rŵan, tydy, boi?'

***

Doedd hi ddim wedi disgwyl i'r Crown fod dan ei sang ar nos Fercher, ond roedd y pandemig wedi sicrhau fod pob un oedd yn medru llusgo ei hun i gyfarfod pobol wyneb yn wyneb yn mynd i fod yn gwneud hynny.

Difarodd Myfi ei bod wedi dŵad yma y munud y sbotiodd pwy oedd yno.

Gwelodd hi'n syth, a'i gwallt tywyll ar dop ei phen fel rhyw chwaer wyllt i Sali Mali. Chwaer wyllt, denau, brydferth. Siân Poncia. Roedd hi yng nghanol criw o ferched eraill, criw roedd Myfi yn eu lled adnabod, ond ddim yn ddigon da i gofio'u henwau. Doedd 'run ohonyn nhw wedi anfarwoli eu hunain yn ei meddwl fel yr oedd Siân wedi'i wneud.

Cariodd bonllef o chwerthin tuag atyn nhw wrth i Geth

a hithau gerdded i mewn, am rywbeth oedd wedi digwydd eiliadau ynghynt. Ond wrth i Geth a Myfi ei gwneud hi at y bar, tawelodd y criw.

Trodd Geth ati.

'Ti isio mynd i rwla arall?' holodd, yn gymaint er ei fwyn ei hun â hithau, meddyliodd Myfi.

'Dwi'n iawn yn fan'ma, diolch ti,' atebodd, heb geisio celu'r oerni yn ei llais.

'Ti dal i yfad seidar?'

'Jin a tonic, plis.'

'Posh! Cer di i ffendio sêt, ia?'

Doedd hynny ddim yn joban hawdd, yn enwedig ag un hanner y dafarn allan ohoni am ei bod yn rhy agos at Siân Poncia a'i chiwed. Stwffiodd ei hun rywsut i fainc fach i ddau, drws nesa i'r peiriant chwarae hap, mainc oedd yn llawer rhy fychan i ddau oedolyn o faint arferol. Ond roedd hi'n glyd, ac allan o'r ffordd.

Wnaeth Geth yntau ddim ymgais i guddio'i fod yn falch o gael bod yn ddigon pell oddi wrth bawb arall.

'Lle 'ma 'di newid dim, naddo?' meddai hithau. Roedd nifer fawr o dafarndai Lerpwl wedi manteisio ar y cyfnod clo i wneud tipyn o waith atgyweirio ac adnewyddu. Doedd y fath awydd ddim wedi cydio ym mherchnogion y Crown, yn amlwg.

'Dal yn deif ond y deif mwya handi rownd ffor'ma.'

'Ti 'di meddwl gweithio mewn marchnata, Geth?'

Gwenodd y ddau ohonyn nhw ar ei gilydd.

'Gawn ni un, ia? A mynd i rwla arall wedyn.'

'Gawn ni un,' atebodd hithau. Doedd mynd am dramp o gwmpas pybs ddim ar ei hagenda heno. A doedd ailgynnau tân ddim ar yr agenda chwaith. Nac oedd.

'Sut ma gwaith, 'ta?' gofynnodd Myfi, ac estyn am ei diod, gan gymryd dracht dwfn ohono. Roedd y tonic yn siarp braf ar ei thafod.

'Iawn, digon i neud, yn trio cadw'r llwybra 'ma ar agor, a gneud yn saff bod pobol yn cadw atyn nhw!'

'Fisitors?'

'Gan amla. Ne rheiny sydd newydd symud yma i fyw, ac yn meddwl gawn nhw fynd lle mynnan nhw.'

Edrychodd Myfi o'i chwmpas, a chymryd cipolwg ar y lle roedd criw Siân Poncia yn clegar fel haid o ieir.

'Dylwn i neud erthygl arnat ti, sti. Pan a' i'n ôl. I'r *Journal*. Persbectif rhywun sy'n delio o ddydd i ddydd efo diffyg dealltwriaeth pobol... estron.'

'Os ti isio. Os ti'n meddwl fydd y Sgowsars isio clywed.'

'Sa'n PR da i'r Ymddiriedolaeth hefyd, ella. Taro'r post, a ballu.'

Ac yn esgus i weld mwy ar Geth, meddai rhyw lais bach yn ei phen. Gwthiodd y llais i ffwrdd.

Dechreuodd cân Sobin ar jiwc bocs yn y gornel bella, a dechreuodd un o'r criw symud i rythm y miwsig. Fasach chi ddim yn ei alw fo'n ddawnsio. Ymhen dim, roedd rhyw dair arall ohonyn nhw yn gwneud yr un fath, a Siân Poncia yn eu canol nhw, a'r cocyn tywyll ar ei phen yn symud fel nodyn ar hen nodiant.

'O'dd Elliw yn dŵad yma weithia, ti'n meddwl?'

'Dwn i'm. Dio'm yn sin rhywun oed Elliw, nac' di? A sa pawb ffor'ma yn gwbod bod hi dan oed, beth bynnag.'

'Basa ma siŵr,' atebodd Myfi. 'Ond meddwl ella...'

'Ella be?'

'Dwn i'm, ei bod hi wedi bod efo rhywun yma rhyw dro. Rhywun fasa ella'n medru rhoi rhyw gliw am y cariad newydd 'ma oedd gynni hi.'

'Cariad newydd?'

'Wbath ddudodd Dad. Ei bod hi'n hapusach yn ddiweddar nag o'dd o 'di gweld hi ers tro... a diolch i'r cariad newydd oedd hwnnw.'

Yfodd Geth ddracht o'i beint yn feddylgar.

'Ti isio mi holi tu ôl i bar i chdi? Ella sa Nev ne Brenda'n cofio gweld rhwbath?'

'Gad o am funud, ia? Dwi'm isio i'r byd a'i frawd wbod ei bod hi ar goll eto, nac'dw? Dwi'm isio rhyw blydi hacs lleol yn snwyro o gwmpas lle 'ma!'

Gwenodd y ddau unwaith eto ar yr eironi.

Damia fo, meddyliodd Myfi. Damia fo, yn ddyn i gyd, a'r wên yna oedd yn arfer gneud i'w thu mewn gyrlio. Damia fo am fod yma efo hi, a damia hi am gytuno i ddŵad efo fo ar ôl pob dim.

Daeth Sobin i ben ei daith gerddorol, a gwelodd Myfi griw Siân Poncia yn cofleidio ei gilydd mewn hyg feddw orliwgar.

'A beth amdana chdi, ta, Geth?' Trodd Myfi ei sylw yn ôl ato.

'Wyt ti'n dŵad yma'n amal, 'lly?'

Gwenodd y ddau am eiliad, ac yna seriodd Geth ei lygaid arni am funud neu ddau, cyn edrych i lawr ar ei beint.

'Byth.'

Ac fel petai'r holl beth wedi cael ei lunio o flaen llaw mewn sgript drama, daeth Siân Poncia heibio ar ei ffordd i'r bog, ac oedi'n simsan o flaen eu bwrdd, ei blew amrannau mawr smal yn fframio ei llygaid fel coesau pry cop.

'Haiaaa, *stranger*!' meddai hi wrth Gethin, oedd â'i wyneb yn gwrido wrth yr eiliad. 'Byth yn gweld chdi allan dyddia yma, meddwl bo' chdi 'di troi'n rilijys ne rwbath!'

'Iawn, Siân?' mwmiodd Geth, a theimlodd Myfi biti dros y diawl.

'A titha'n ddynas ddiarth erbyn hyn, 'fyd, Myfi! For what do we have the hooooonour, d'wad? Ti 'di ca'l sac ne rwbath? Ta methu cadw ffwr oddi wrth hwn a'i goc fawr w't ti?'

Safodd Myfi, ac wrth wneud crynôdd y bwrdd bach crwn, gan wneud i'r gwydrau a'u cynnwys grynu hefyd.

'Dwi'n mynd!' meddai, gan gyfeirio ei sylw at Geth. Chymerodd Siân ddim sylw o'r eticet.

'O bechod! A ninna'n dechra ca'l sgwrs iawn, 'de, am y tro cynta ers... oooooes! A sut ma'r chwaer bach gocwyllt 'na sgin ti? Dwi'm 'di gweld honno ers amsar chwaith, rhy brysur yn...'

Gafaelodd Myfi yn y gwydr hanner llawn o jin a tonic, a'i daflu yn sgwâr i ganol wyneb Siân Poncia. Fferrodd y dafarn, a stopiodd pob sgwrs. Blinciodd llygaid pry cop Sali Mali yn wyllt, a'r dafnau o jin yn diferu oddi arnynt fel dafnau o wlith y bore.

'Dos yn ôl dan dy garrag, yr ast!' poerodd Myfi, gan afael yn ei bag a cherdded yn dalog o'r dafarn ac allan i'r nos.

15

'IAWN, GYMRA I O.'
Gwenodd y dyn a sylwodd am y tro cynta ers iddi fentro i'r garej fach flinedig fod ganddo ddau ddant mawr ar goll ar ochr chwith ei geg.

'Nei di'm difaru! Neith hwn gar bach iawn i be ti isio, garantîd.'

Roedd hi'n rhyfedd sut oedd o wedi meddwl ei fod o'n ei nabod hi a'i chynlluniau yn y car Fiesta bach gwyrdd o'i blaen. A doedd ganddo ddim blydi syniad.

Gwenodd yn ôl efo'i set gyflawn o ddannedd, gwên gelwyddog lydan.

'Mi fydd yn berffaith i fynd i weld 'y nghariad i yn Aberystwyth, diolch yn fawr!'

Setlodd yn ôl i yrru ymhen dim, er nad oedd hi wedi cyffwrdd llyw unrhyw gar ers tua dwy flynedd. Ond fe'i trawyd gan ollyngdod peidio gorfod dibynnu ar neb arall. Wedi'r noson yn y Crown pan roddodd fàth mewn jin i Siân Poncia, roedd hi wedi gorfod cymryd lifft yn ôl adra gan Geth. A hithau wedi dechrau tywyllu, doedd ganddi ddim calon cerdded at Graig Ddu ar hyd y lonydd culion. Ond nid dyna'r unig reswm.

Roedd gweld Siân Poncia wedi ei chynhyrfu. A'r ffordd yr oedd hi'n amlwg yn hyderus yn ei 'hadnabyddiaeth' o Geth, yn poeni dim am y ffaith fod eu ffling yn gyhoeddus i bawb. Roedd anesmwythdod Geth am yr holl beth yn rhywfaint o gysur rhyfedd, wrth gwrs. Ond nid dyna'r stori i gyd: geiriau

Siân Poncia am Elliw oedd wedi ei hanesmwytho fwya, wedi taro'r nod yr oedd yr ast wedi bwriadu ei gyrraedd. Y ffaith ei bod yn cael ei hystyried yn gocwyllt, yn 'hael ei ffafrau', fel fasai ei nain wedi ddeud, oedd yn brifo. Doedd o ddim yn sioc fod rhywun o oed Elliw yn mwynhau dablo mewn ychydig bach o ramant a nwyd, wrth gwrs, ond roedd y ffaith ei bod yn cael ei chysidro yn 'wyllt' gan rywun fel Siân Poncia yn gyllell drwy'i chalon. Ac eto doedd rhywbeth ddim yn ffitio. Roedd ei thad yn argyhoeddedig fod rhywun arall ar y sin. Rhywun arbennig. Rhywun oedd yn gwneud ei rebal o chwaer fach yn hapus eto.

Ar ben ei hun efo Geth yn y car bach, cododd ei thymer, a'r chydig jin wedi bod yn ddigon i lacio ei thafod.

'Be oedd hi'n feddwl? Yn deud am Elliw fel'na!' roedd hi wedi ei ofyn i Geth. 'Ei bod hi'n gocwyllt! Blydi *cheek*! Sôn am fod isio deryn glân i ganu, wir Dduw!'

'Do'dd hi ddim!' mwmiodd Geth wrth wasgu'r sbardun i wthio'r car yn ei flaen.

'Be sa'n ti?' roedd Myfi wedi ei ofyn wrth ffidlan efo'i gwregys. 'Glywish i hi'n hun!'

'Do'dd Elliw ddim, dwi'n feddwl. Yn hynna. Yn… yn gocwyllt.'

Symudodd y geiriau rhyngddyn nhw fel gwibed yng nghlawstroffobia'r car. Pan siaradodd Myfi roedd fel tasai'r gair yn ei thagu.

'Doedd?'

'E?'

'Be ddudest ti rŵan? "Doedd" medda chdi. Past ffycin tense!'

'Mae. Mae. Y… tydy hi… tydy hi ddim… Ffycin el, Myf, sgin i'm mynadd efo semantics!'

Dyna ddeudodd o wedyn.

Semantics. Semantics amser y ferf. Semantics byw a marw. Bod yn fyw. A bod yn farw yn rhywla. Allan yn fan'na. Allan yn rhywla'n fan'na.

Ac roedd Myfi yn difaru ei henaid wedyn na fasai hi wedi mentro ar droed i fyny'r lôn serth gul dywyll am Graig Ddu. Er mwyn cael peidio bod yma rŵan efo Geth. I beidio bod wedi clywed y gair 'doedd'.

★★★

Mi gafodd ei ffôn yn ôl gan DC Haf Parry, yn ôl ei haddewid. Myfi oedd wedi dychmygu, ta oedd yr hogan yn sbio ychydig yn wahanol arni hi, efo rhyw arlliw o... o be? Beirniadaeth? O feirniadu moesol? Doedd y tecsts yna rhyngddi hi a'i fflings ddim i fod i weld golau dydd, heb sôn am olau lectrig mewn gorsaf heddlu.

'Prestatyn,' medda hi. 'O Brestatyn wnaeth hi... cafodd yr alwad ei gwneud.'

Reit. Teimlodd Myfi bod disgwyl iddi hi wneud rhyw sylw. Prestatyn. Lle braf. Wedi bod, beth bynnag. Doedd hi ddim wedi bod yno ers blynyddoedd, wedi colli cysylltiad efo'r lle. Oedd y lle wedi mynd â'i ben iddo, fel sawl trefarfordirol arall, yntau oedd y dref wedi ei hachub rhag y tranc hwnnw? Yn llewyrchus hyd yn oed?

Torrwyd ar ei meddyliau gan y blismones fach loyw.

'Nabod rhywun ym Mhrestatyn, Myfi?'

'Nabod neb.'

'Ydy Elliw yn nabod rhywun? '

'Dim i mi wbod.'

Ac eto, fan'na mae hi, neu fan'no oedd hi pan ffoniodd hi.

Ond ar y mynydd, yn y goedlan oedd hi isio cyfarfod Myfi, ac angen ei help! Doedd y peth ddim yn gwneud llawer o synnwyr.

Gwibiodd meddwl Myfi wrth yrru'r car bach newydd ar hyd gwastadedd yr A55, y Carneddau ar y dde iddi a'r môr yn disgleirio a y chwith. Fe fyddai'n rhaid i Myfi geisio ymbellhau o'r stori er mwyn ceisio cael rhyw fath o wrthrychedd, esgus ei bod yn gweithio ar stori ar gyfer y *Journal*. Dim ond wedyn y gallai ddod yn agos i wybod lle roedd Elliw, a beth oedd wedi digwydd i wneud iddi ddiflannu o'u bywydau fel hyn.

Cafodd le i barcio yn ddigon didrafferth, ddim yn rhy bell o'r stryd fawr. Wrth gerdded ar hyd y stryd fawr i lawr i gyfeiriad y traeth, roedd Prestatyn yn amlwg yn dref oedd wedi medru dal ar ei hurddas, gyda nifer o siopau bach annibynnol yn swatio drws nesa i siopau cadwyn a siopau elusen. Caffis a llefydd bwyta, sinema… Roedd 'na ymwelwyr i'w clywed, wrth gwrs, a llawer iawn o'r iaith fain, ond nofia ambell air o Gymraeg weithiau hefyd, fel aderyn ar y gwynt. Roedd o'n lle mor wahanol i erwinder ei chynefin, ond yn rhywle, tybiodd Myfi, y basai hithau'n medru setlo ynddo rhyw dro. Rhyw dro mor bell ar y gorwel fel tasai hi'n sôn am fywyd rhywun arall.

Yna cofiodd pam roedd hi yma. Tybed oedd Elliw hefyd wedi penderfynu dŵad yma i ddechrau bywyd newydd?

Ar y ffordd allan o'r dref at y traeth, roedd yn rhaid croesi'r bont dros y rheilffordd. Mi fasai hynny'n ffitio hefyd, meddyliodd, gan mai ar drenau y byddai'r rhelyw o'r bobol ifanc yn teithio o'r dinasoedd i'r trefi glan môr. Cofiodd eto am y criw ifanc ar y trên pan ddaeth adra o Lerpwl yn gynharach yn yr wythnos.

Ar y promenâd, roedd yna arcêd a chanolfan hamdden, a

chaban gwerthu hufen iâ ar siâp tŷ potel inc, fel oedd hi wedi ei weld yn Sir Fôn rhyw dro. Safai nifer o gabanau mewn coch, melyn a glas uwchben y prom, ac roedd tipyn o bobol yn manteisio ar y promenâd mawr llydan i dywys cŵn o amrywiol faint a brwdfrydedd ar ei hyd.

Pwysodd Myfi ar y wal oedd yn wynebu'r promenâd a'r tywod, wrth gerflun arian sgleiniog. Cofiodd am gerfluniau'r Beatles am eiliad, ar adeg oedd yn ymddangos fel oes arall. Er ei bod yn ddiwrnod cymharol dawel, gan fod y lle mor agored, rasiai'r tonnau am y gorau am y traeth.

Sylwodd yn syth ar yr hogyn ifanc yn swagro mynd ar hyd y prom ar ei ben ei hun, a chôt *branded* ddrud yr olwg dros ei sgwyddau, y treinyrs diweddara am ei draed. Er waetha'i osgo hyderus, roedd yn amlwg yn hogyn yn ei arddegau cynnar, o weld braich fain yn gwthio allan o'r gôt. Safodd Myfi rhyw hanner canllath oddi wrtho, gan esgus edrych allan ar y traeth a'i drigolion dros dro. Cododd yr hogyn ei sbectol haul ar dop ei ben, ac edrych i'w chyfeiriad am eiliad, cyn troi ac edrych i ffwrdd drachefn. Roedd ei wyneb yn wyn, ac ambell bloryn yn gwthio i'r wyneb. Dim byd newydd am hynny. Ond ei lygaid oedd yn ei brifo, fel pob tro, llygaid rhywun llawer hŷn na'i oed, llygaid rhywun oedd wedi gweld gormod, a'r pocedi tywyll oddi tanynt yn dweud y cyfan am ei ffordd o fyw.

Ymhen tipyn daeth criw arall ato, mewn gwisgoedd yr un mor raenus a drudfawr yr olwg, ond yn fwy plentynnaidd eu hosgo, gydag un yn pwnio un arall a chogio paffio, a dwy hogan a'u dwylo wedi plethu am ei gilydd fel tasan nhw mewn sgrym. Roedd golwg lwydaidd ar y rhein hefyd, er gwaetha'u dillad a'u hategolion smart. Doedd dim rhaid i Myfi redeg ei llygaid dros y criw yn hir i weld nad oedd Elliw yn un o'r rhein. Roedden nhw'n rhy ifanc iddi. Ac i fod yn yr ysgol ar hyn o bryd, meddyliodd Myfi wrth edrych ar ei wats. Sylwodd fod y cŵl dŵd cynta yn siarad efo acen Lerpwl – Toxteth, os oedd hi'n gywir. Acenion Cymreig yr ardal oedd ar Saesneg y lleill, er gwaetha'u hymdrech i ddynwared acen yr hogyn o ffwrdd. Ddeudodd y boi cynta rywbeth, ac edrychodd y criw i gyfeiriad Myfi. Chwarddodd pawb.

Edrychodd Myfi oddi wrthyn nhw a dechrau cerdded i ffwrdd i'r cyfeiriad arall, heb gymryd arni ei bod wedi sylwi arnyn nhw. Ymhen tipyn, cymerodd gip slei yn ôl, a gweld fod y criw i gyd wedi dechrau symud i ffwrdd heibio cabanau amrywiol y caffi i gyfeiriad 'Traeth Ffrith' a'r twyni tywod, yn ôl yr arwydd. Criw brith, yn gwisgo eu hyder fel mantell i guddio'u bregusder.

Adnabod y prae, eu swyno efo pres ac eitemau drud, rhoi ychydig o gyffuriau 'ysgafn' iddyn nhw nes eu bod yn mynd yn ddibynnol ar y cemegyn a'r sylw. Ond un peth oedd gwybod am fodolaeth y peth. Peth arall oedd clywed y blismones yna yn crybwyll Llinellau Sirol mewn perthynas ag Elliw. Siawns bod Elliw yn ddigon call i beidio cael ei rhwydo?

Trodd Myfi ac edrych yn ôl i gyfeiriad y dre, ac yna ar y criw oedd bellach yn forgrug anystywallt ym mhen draw'r prom. Daeth chwa o wynt o'r môr gan gwneud i'r arwydd hufen iâ metal gerllaw ysgwyd gyda chlep.

Aeth yn ôl i fyny'r bryn at y maes parcio ymhen ychydig, gan rythu i mewn i bob caffi neu siop amdani, gan syllu i lawr pob ale.

Eisteddodd yn y car, ac aros i'r aer stêl y tu mewn lapio amdani. Yna rhoddodd ei phen ar y llyw a chau ei llygaid.

***

Wrth wibio'n ôl i gyfeiriad Nantlle yn ei char rhyw hanner awr yn hwyrach, meddyliodd Myfi pam nad aeth yno atyn nhw? Defnyddio ei sgiliau newyddiadurol i godi sgwrs, ceisio holi a oeddan nhw wedi gweld ei chwaer yn rhywle. Yn absenoldeb unrhyw boster swyddogol eto gan yr heddlu, roedd ganddi lun yn ei phoced o Elliw a phob dim. Rhywbeth i gosi cof.

Ond rhywsut, roedd hi wedi jyst syllu arnyn nhw, fel petai'n sbio ar ffilm. Be ddiawl oedd yn bod arni? Ac eto, mi wyddai Myfi yn ei chalon mai naïfrwydd fasai meddwl y basai hynny wedi dwyn ffrwyth. Os oedd Elliw o ddifri wedi cael ei rhwydo, mi fasai ei chael hi allan ohoni yn cymryd mwy nag ychydig o eiriau gofalus.

16

GWNAETH MYFI Y penderfyniad i fynd i'r goedlan cyn mynd yn ôl i Graig Ddu. Doedd o ddim yn benderfyniad bwriadol chwaith, ond roedd y car fel petai wedi ffeindio ei ffordd ei hun yn reddfol, bron, ar hyd y ffordd gul i fyny'r mynydd.

Parciodd nid nepell o'r hen chwarel, gan sicrhau ei bod yn wynebu'r car am i lawr, fel y gallai neidio i mewn iddo a gyrru i ffwrdd yn handi tasai raid.

Ella mai ym Mhrestatyn oedd Elliw pan decstiodd am help, ond yma roedd hi isio cyfarfod. Ac roedd 'na dynfa yma, rhywbeth nad oedd yn gwneud synnwyr.

Roedd ei chalon yn dechrau cyflymu wrth iddi adael y car a dechrau cerdded. Os mai trap oedd y neges honno er mwyn ei denu yma, roedd hi'n camu i mewn i'r ffau fel ffŵl. Ac eto, dod yma oedd y neges wedi'i ddeud. Allai hi yn ei byw anwybyddu hynny.

Roedd y goedlan yn haws i'w ffeindio y tro hwn, a'r garafán i'w gweld yn eistedd yn ei chwman o hyd. Doedd hynny ddim yn syndod, ac eto roedd ei gweld yn solet yno, dan ei siôl o gen, yn rhyfeddod hefyd. Roedd y garafán wedi dod i Myfi mewn darnau o freuddwyd, yn ddigyswllt, ac eto rhywfodd yn hanfodol i naratif doredig y freuddwyd. Bron nad oedd Myfi isio profi iddi hi ei hun nad ffantasi oedd y garafán, a'i bod hi yno go iawn.

Wrth gerdded yn nes ati hi, edrychai i lawr ar y ddaear, er

mwyn osgoi codwm fel o'r blaen. Cordeddai'r gwreiddiau yn nadroedd cyhyrog o dan ei thraed. Sylwodd hi ddim yn syth, felly, fod drws y garafán ar agor, fel ceg agored mewn gwaedd fud. Gwibiodd ei llygaid o un ochr o'r garafán i'r llall, ac yna ymhellach. Dim. Doedd dim enaid byw i'w weld yn unman, a doedd 'na ddim ond siffrwd cynllwyngar y dail yn y coed.

Camodd yn nes ati, gan fod yn ofalus y tro hwn nad oedd yn gwneud gormod o sŵn wrth gerdded yn ei blaen. Cam. Aros. Cam petrus arall. Aros. Dal ei gwynt. Ei llygaid yn edrych o'i chwmpas drwy'r amser.

Ymhen hir a hwyr roedd hi yn sefyll y tu allan i'r garafán. Symudodd i lawr wrth basio'r ffenest, rhag iddi gael ei gweld, er bod y llenni ynghau. Petrusodd am ychydig rhyw hanner metr o'r drws. Doedd dim sŵn yn dod o du mewn y garafán chwaith. Fasai hi'n medru mentro? Be tasai Elliw yn cael ei chadw yno, a'i bod yn cysgu ar y soffa? Sut fasai Myfi yn medru byw efo'i hun tasai hi'n dod mor agos o fedru dŵad at Ell, ac yn troi ar ei sawdl heb sbio i mewn?

Edrychodd o'i chwmpas unwaith yn rhagor, ac yna, cyn iddi ailfeddwl, camodd i mewn i'r garafán, gan geisio bod mor ysgafn droed ag y medrai. Yr ogla a'i trawodd gynta, yr ogla llwydni a phiso dynol a rhyw ogla melys hefyd yn tin-droi yno.

Roedd y lle yn sglyfaethus o fudur, dim budreddi rhywle oedd wedi cael ei adael, ond budreddi byw. Roedd 'na dŵr uchel o lestri yn y sinc, a haen melyn o faw o amgylch y sinc ei hun. Safai potel lefrith hanner gwag ar ymyl y sinc a'r llefrith wedi dechrau cawsio a melynu oddi fewn iddi. Dros y tap roedd cadach golchi llestri llwyd, mewn ystum oedd yn atgof o ryw hen arferiad mewn tŷ oedd ymhell o'r garafán ym mhob ffordd bosib.

Roedd hi'n eitha tywyll yn bellach y tu mewn i'r garafán, er gwaetha'r golau dydd oedd yn medru ffrydio drwy'r cyrtans tenau. Trodd Myfi ei sylw at y twmpath o ddillad a orweddai ar y soffa, yn blith draphlith. Roedd hi ar fin troi oddi wrtho, pan edrychodd yn fanylach. Oedd y twmpath yn symud ta hi oedd yn dychmygu pethau? Oedd Elliw o dan y twmpath, wedi ei chuddio, neu waeth, wedi ei brifo...?

Mentrodd Myfi yn nes a chyda symudiad sydyn, gafaelodd yn yr haenau dillad a'u chwalu.

'Be ffwc?'

Y peth nesa deimlodd Myfi oedd rhywbeth caled yn taro ochr ei phen o'r tu ôl iddi. Collodd ei chydbwysedd a syrthio yn ôl ar y bwndel dillad drewllyd. Dechreuodd ymylon y byd dywyllu wrth iddi agor ei llygaid drachefn ac edrych, a daeth yn ymwybodol o boen yn grwgnach tu ôl i'w llygaid.

Safai hogan yno, ac er nad oedd Myfi yn medru ei gweld yn hollol glir, roedd yn amlwg bod ei safiad yn un bygythiol.

'What ya doin' 'ere?' meddai'r hogan, a'i llais yn un ifanc, yr acen yn un Gymreig. 'Get out, this is private property! Or you'll be sorry!'

Wnaeth Myfi ddim ymgais i droi i'r Saesneg.

'Chwilio am rywun dwi. Do'dd dim isio i chdi...'

'Chwilio am pwy! Lookin' for who? Well, they're not ffycin here are they, so piss off!'

'Ocê, ocê, dwi'n mynd! Paid poeni!'

Safodd Myfi ar ei thraed yn sigledig ac edrychodd eto ar yr hogan. Roedd ei gwallt wedi ei lifo'n sgarlad, a hongiai yn denau ddifywyd o gwmpas ei hwyneb. Oherwydd bod ei llygaid a'i chroen yn glir, heb sgrapyn o golur, doedd hi ddim yn edrych yn llawer hŷn nag Elliw.

'Chwilio am 'yn chwaer dwi. Elliw, ti'n nabod hi? Mae hi ar

goll ers...' Faint o amser, meddyliodd Myfi, roedd amser yn dechrau colli ei arwyddocâd. '... ers diwrnodau.'

Cododd yr hogan ei llaw, a sylwodd Myfi wedyn bod ei dwrn wedi cau am garn cyllell.

'Asu, be 'di honna sgin ti? Sdim isio...'

Roedd Myfi wedi gwneud eitem unwaith, prosiect ar ddefnydd cyllyll ymhlith gangiau Toxteth. Doedd hi ddim yn mynd i gymryd plentyn â chyllell yn ysgafn.

'Well ti fynd! Jyst dos, iawn? Ma gin i rywun yn dŵad yma. I 'ngweld i. Yn munud.' Ac yna ychwanegodd, heb guddio'r surni'r eironi. 'Dêt!'

Roedd mor amlwg â het ar hoel. Puteindy oedd y garafán fach ddrewllyd yma yng nghanol y coed. Lle well i gynnal busnes ymhell o olwg pawb?

'Dêt? Romantic!' atebodd Myfi, a gweld sut fasai'n ymateb. Doedd hi ddim fel tasai hi wedi clywed.

'Chwaer chdi. Pwy ydy hi?'

'Elliw ydy'i henw hi.' Roedd hi'n rhyfedd deud enw Elliw'n uchel yn y garafán fach afiach.

'Ti'n edrach 'tha hi?'

Ymbalfalodd Myfi yn ei phoced, a diolch bod llun Elliw yn dal yno. Llun bach hapus oedd o, o ryw flwyddyn yn ôl, pan oedd Myfi wedi dŵad adra un penwythnos, ac roedd y ddwy ohonyn nhw wedi mynd i'r dref am dro. Roedd un llygad gan Elliw wedi cau oherwydd disgleirdeb yr haul wrth iddi wenu'n braf ar y camera.

Estynnodd yr hogan am y llun, gan roi ei chyllell i lawr yn ddifeddwl wrth wneud.

'Hon! Dwi'n nabod hi!'

'Wyt?'

'Yndw, dwi'n cofio hi. O'dd hi'n dŵad yma weithia.'

'Yma!'

'Pan o'dd hi isio… help, 'de? Os ti'n gwbod be dwi'n feddwl?'

Doedd Myfi ddim wir yn gwybod beth oedd hi'n feddwl, a doedd ganddi ddim stumog i ofyn. Ond roedd ganddi syniad go lew, heb gael cadarnhad.

'Pryd o'dd hi yma ddwetha?'

Roedd yr hogan yn dal i syllu ar y llun, a rhyw hanner gwên.

'Ti'n debyg iddi 'fyd. Wnes i feddwl, bo chdi'n edrach yn *familiar.*'

'Pa bryd? Be ydy d'enw di?'

Yna caledodd tymer yr hogan.

'I be ti isio'n enw i? Well ti fynd!'

'Dio'm ots, jyst isio gwbod pryd dda'th Elliw yma ddwetha ata chdi? 'Dan ni i gyd yn poeni yn ofnadwy amdani hi a…'

'Dos! Ocê? Os welan nhw bod rhywun 'tha chdi 'di bod yn sniffio o gwmpas, awn nhw'n *berserk!* Fedra i'm helpu mwy arna chdi.'

Roedd hi wedi gafael yn y gyllell eto, ond heb arddeliad y tro hwn, ond yn y ffordd y basai plentyn yn gafael mewn tegan i'w gysuro, meddyliodd Myfi.

'A sori, iawn? Am hitio chdi gynna. Efo caead sosban!'

Dechreuodd giglo, a chafodd Myfi ei hun yn rhyw how chwerthin yn ôl.

'Dyna be oedd o!'

'Sori!'

'Ga i ddŵad yma eto? Am dro? Am sgwrs?'

Syllodd yr hogan arni hi, a'i llygaid yn culhau am funud. Yna nodiodd ei phen yn araf.

'Ond chdi beidio deud 'tha neb, iawn? Am fan'ma. Amdana i. Ne…'

'Wrth gwrs. Dwi'n gaddo.' Yna ychwanegodd, 'Ac os ddoith Elliw yma eto, nei di ddeud bod Myfi yn chwilio amdani?'

'Myfi,' sibrydodd y ferch, yna, 'Siwsi. Dyna dwi'n galw'n hun.'

'Tan tro nesa, ta, Siwsi,' meddai Myfi. 'A rho'r sosban yna i gadw adeg hynny, ia?'

'Ocê.'

Gwenodd y ddwy ar ei gilydd yn ddiffuant.

17

A ETH HI DDIM yn syth adra wedyn chwaith, a'i phen yn llawn o Siwsi Sgarlad yn disgwyl am ei dêt. Ceisiodd Myfi gau ei meddwl rhag y garafán fach fudur yn ysgwyd i hyrddio rhythmig y dyn diwyneb. Roedd Siwsi mor ifanc ac eto roedd yr henaint yn ei llygaid yn amlwg. Ac yn torri calon. 'Siwsi dwi'n galw'n hun'. Yn yr isfyd, lle roedd pawb yn rhywbeth arall, roedd enwau hefyd yn gyfnewidiol, hunaniaeth yn rhywbeth i'w ffeirio'n rhad.

Roedd hi wedi gweld Elliw! Yn nabod Elliw o weld Myfi, meddai hi. Teimlai Myfi ryw rhyddhad rhyfedd o sylweddoli bod yna gysylltiad, pa mor fregus bynnag oedd o, rhwng 'Siwsi' a'r Elliw newydd nad oedd Myfi yn ei nabod. Ac eto…

Anelodd drwyn y car i lawr am Ddinas Dinlle, ac aros yn y car am rai munudau i edrych allan ar y môr. Camodd allan wedyn a theimlo'r gwynt yn ei gwallt. Sgubodd y tonnau o'i blaen gan rasio at odrau'r traeth caregog. Gallai weld melynder tywod Llanddwyn i'r dde, fel ci mawr melyn yn gorwedd yn yr haul. Roedd edrych ar ehangder yr olygfa yn gysur, yn agor popeth allan rywsut, fel petai lledu persbectif y llygad hefyd yn lledu persbectif y meddwl.

Y tro diwetha y bu hi yma, efo Ell ocdd hynny. Rhyw ddiwrnod neu ddau cyn iddi droi am Lerpwl i ddechrau gweithio i'r *Journal*. Roedd hi'n ddiwrnod braf, ac awel o'r môr yn ei gwneud yn ddiwrnod twyllodrus, wrth i'r ddwy rasio i fyny'r bryn serth i fyny at yr hen gaer o'r Oes Haearn ar y top. Doedd Myfi byth yn blino ar yr olygfa o'r Eifl ac Ynys Môn. Roedd y ddwy wedi siarad gan edrych allan i'r môr yn hytrach nag ar ei gilydd. Am Mam a Dad siaradon nhw fwya. A'r ffaith bod Ell yn teimlo'n euog mai gollyngdod roedd hi'n deimlo wedi'r ysgariad. A pha mor braf oedd hi wedi bod yng Nghraig Ddu, dim ond y tri ohonyn nhw: Dad, Myfi a hithau, yn byw'n gytûn. Roedd Ell wedi llosgi'i sgwyddau, a'r noson honno wrth i Myfi daenu'r hylif llesol pinc ar draws croen ei chwaer fach, hi deimlodd yr euogrwydd, ei bod yn gadael y nyth fach braf am borfeydd brasach.

Pan gyrhaeddodd Graig Ddu rhyw awr yn ddiweddarach, roedd car Janet wedi ei barcio yn bowld o flaen y drws ffrynt, fel tasai hi pia'r lle. Rhegodd Myfi. Roedd hi wedi gobeithio medru cael clust ei thad a'i holi ychydig mwy am ymddygiad Elliw cyn iddi hi ddiflannu. Doedd hi ddim isio Janet yn llechu yno, yn deud dim llawer ond yn gwrando ar bopeth.

Distawrwydd a'i croesawodd wrth iddi agor y drws a mynd i fewn, diolch byth, dim y chwerthin a glywodd wrth iddi ddod adra'r tro cynta hwnnw.

Aeth drwodd i'r cefn, ac i'r gegin. Doedd neb yno, a'r bin ailgylchu hyd yn oed yn wag o unrhyw boteli. Ella bod ei thad wedi cael tröedigaeth, meddyliodd Myfi yn smala. Agorodd y drws cefn. Roedd yr ardd hefyd yn wag, a dim ond ychydig o ddillad amryliw yn fflapian fel adar prin ar y lein. Edrychodd Myfi eto, roedd y dillad yn edrych yn gyfarwydd. Dillad Elliw oeddan nhw! Be uffar?

Ell? Oedd hi wedi dŵad yn ôl?

Llamodd Myfi i fyny'r grisiau fel nad oedd wedi ei wneud ers rhai blynyddoedd, gan lyncu tair gris ar y tro, nes ei bod yn sefyll y tu allan i stafell wely Elliw. Fferrodd. Roedd y drws yn gilagored, a gallai weld fod rhywun y tu mewn.

Gwthiodd y drws yn egnïol nes ei fod yn crynu ar ei fachau.

'Be dach chi'n neud yn stafall Elliw?'

Edrychodd Janet i fyny mewn tipyn o fraw, a rhoi ei llaw ar ei brest yn ddramatig.

'Asu, dychrynist ti fi rŵan, yn cerdded i mewn fel'na. Be sy a'nt ti, d'wed?'

Sylwodd Myfi fod y 'chi' parchus wedi diflannu o dafod Janet.

'Be dach chi'n neud yma?' cyfarthodd Myfi drachefn.

'Meddwl cael clirans bach, yndê, tra bod 'na gyfla rŵan. Tydy Elliw mor flêr efo'i phetha!'

Syllodd Myfi arni hi am rai eiliadau cyn symud. Mynd wnaeth hi at y rhesi taclus o lyfrau a chylchgronau roedd Janet wedi eu rhoi ar y seidbord. A chydag un symudiad, chwalodd y cwbwl ar y llawr, ac yna dechrau ar weddill y stafell wely, gan ddadfeilio'r twr o ddillad plygedig, a llusgo'r dwfe i ganol y llawr yn don wen gotwm.

Safodd yn y diwedd, a'r chwys yn dechrau diferu. Pan siaradodd, roedd hi'n ymladd am ei gwynt.

'Sgynnoch chi'm hawl!' Roedd Janet yn syllu arni hi fel tasai Myfi wedi mynd o'i cho'. 'Sgynnoch chi'm ffycin hawl twstiad pen 'ych bys yn ei phetha hi!'

'Watsia i mi gael gair efo Wil am hyn!' meddai hi mewn llais isel oedd yn mudferwi o... o be? Atgasedd oedd y peth agosaf, meddyliodd Myfi, a meddwl sut yr oedd hi'n medru pwyso a mesur goslef llais unrhyw amgylchiad fel tasai hi'n darllen copi.

Rhedodd Myfi i lawr y grisiau gyda'r un brys.

18

CHWARA TEG I Geth am ildio'i amser cinio iddi, meddyliodd, ac ac yr un pryd roedd hi'n hanner difaru ei bod wedi ei lusgo i mewn i'r sefyllfa eto. Roedd Myfi wedi gorfod gadael Craig Ddu yn syth, a geiriau Janet yn berwi yn ei phen. Pa hawl? Pa hawl oedd ganddi i ddechrau cymoni stafell Elliw fel tasai Elliw wedi colli hawl ar y lle? Fel tasai Elliw byth yn mynd i ddod 'nôl!

Eisteddodd Geth wrth ei hymyl yn y sêt teithiwr, gan adael i'w geiriau dasgu lond y car. Roedden nhw wedi parcio wrth ymyl y llyn, ac roedd yna ddau yn pysgota ar fin y lan rhyw ganllath oddi wrthyn nhw. Heblaw am hynny, roedd y lle'n wag, diolch byth.

'A tystiolaeth!' parhaodd Myfi. 'Be tasa'r heddlu isio dod yn ôl i gael mwy o dystiolaeth, mynd ag eitemau o'i dillad hi, rhyw ddarn o wybodaeth doeddan nhw ddim wedi ei gael o'r blaen?'

Roedd yr heddlu eisoes wedi mynd â gliniadur Elliw efo nhw, wrth gwrs, a hefyd wedi mynd â rhai o'i dyddiaduron diweddaraf. Yn yr oes ddigidol roedd arferiad anacronistig Elliw o roi pethau mewn dyddiadur wedi parhau, er bod y cofnodion wedi prinhau yn y flwyddyn ddiwetha, meddai'r heddlu, ac yn cynnwys pethau moel fel apwyntiadau deintydd. Doedd Myfi erioed wedi edrych ar y dyddiaduron ei hun, a doedd hi ddim yn medru ysgwyd y teimlad anghyfforddus o gael pobl ddiarth yn craffu arnyn nhw, heddlu neu beidio.

Dechreuodd Geth agor ei becyn brechdanau, gan gynnig un i Myfi. Roedd o'n ddel yn ei siwt a'i dei, a botwm top ei grys wedi agor fel'na. Doedd hi ddim yn arfer ei weld mewn gwisg mor ffurfiol. Roedd o wedi bod am gyfweliad medda fo, ond wnaeth o ddim ymhelaethu.

'Be maen nhw 'di gymryd hyd yn hyn?' holodd Geth. 'Yr heddlu, 'lly.'

Esboniodd Myfi wrth Geth am y gliniadur ac ati. Nodiodd Geth, gan gnoi yn araf, ofalus, a syllu allan ar y dŵr lliw plwm.

'Mwy dwi'n meddwl am y peth, sti, mwy dwi'n meddwl bod Janet ddim 'di helpu petha pan oedd Ell adra.'

'Be ti'n feddwl?' gofynnodd Geth.

'Wel, mi ddudodd Janet rwbath bod Elliw yn un flêr, oedd yn awgrymu ei bod hi wedi bod yn dŵad i Graig Ddu ers tro, ac wedi dechra cael ei thraed dan bwr'.'

'A ti'n meddwl ella bod gin hynny rwbath i neud efo'r ffaith fod Elliw 'di gada'l?'

'Wel sa'm yn helpu, na fasa, Geth?'

'Na fasa, ma siŵr,' atebodd Geth, gan estyn i mewn i'w focs bwyd am frechdan arall.

'Wsti, cyn i mi adael am Lerpwl, roedd Elliw yn deud mor braf oedd bod yng Nghraig Ddu efo Dad a fi. Gna'th hi i mi deimlo'n euog, deud gwir, bo' fi'n mynd, ond y pwynt oedd ei bod yn hapus efo Dad. Yn cael ei ffordd ei hun ella, ond roeddan nhw'n gytûn, yn ca'l mlaen yn dda. Dyna pam ro'n i'n meddwl siŵr ma Mam ac Ell oedd 'di ffraco, ac ma ar ôl hynny oedd hi 'di mynd.'

Ddeudodd Geth ddim byd.

'Ti'n gwrando arna i, d'wed?' gofynnodd Myfi, a difaru ei bod wedi trafferthu mynd ato o gwbwl i fwrw'i bol. Roedd ei ben o'n amlwg yn llawn o'i waith a'i orchwylion am y pnawn.

'Yndw! O'dd petha'n hynci dori tan i Janet ddŵad ar y sin, dyna ti'n ddeud, ia?'

'Wel, ia! O'n i'n meddwl ma rhyw hen lygoden o beth o'dd Janet tan i mi ei gweld hi'n atacio stafell wely Elliw fel'na, fel rhyw Stepford Wife *control-freak*! Sa Elliw yn casáu bod dan yr un to â rhywun fel'na.'

'Dio'm yn helpu chwaith, nac'di?' gofynnodd Geth, ac edrych arni am y tro cynta ers iddyn nhw barcio wrth y llyn.

'Be ti'n feddwl?'

'Wel, tydy pam a'th hi ddim wir yn helpu ni wbod lle ma hi rŵan, ac efo pwy, ella.'

Syllodd Myfi yn bwdlyd ar y dŵr unwaith eto. Roedd o'n llygad ei le. Doedd gwybod beth oedd ysgogiad ei diflaniad o ddim cymorth yn y byd mewn gwirionedd. Teimlodd unrhyw lygedyn o obaith yn plymio i ddyfnderoedd y llyn tywyll.

'Sgin ti unrhyw *leads* eraill? Ne sgin yr heddlu?'

Edrychodd Myfi ar Geth a phenderfynu ysgwyd ei phen.

'Nago's. Dim i mi wbod.'

Roedd hi wedi meddwl deud wrtho am y garafán. A Siwsi. Gan ei fod wedi bod yno efo hi'r tro cynta welodd hi'r lle, mi fasai'n naturiol iddi ddeud wrtho ei bod wedi bod yn ôl. Wedi gweld rhywun oedd yn cofio am Ell, yn ei nabod hi. Doedd hi ddim yn siŵr pam doedd hi ddim am rannu'r bennod honno efo Geth rŵan. Bron iawn fel tasai sôn amdani yn ei sarnu, yn difetha rhywbeth oedd wedi digwydd rhwng y ddwy ohonyn nhw, yn torri'r edafedd bregus oedd yn ei chlymu hi, Siwsi ac Elliw.

Tynnwyd Myfi yn ôl i'r sefyllfa yn y car.

'Ond ma nhw'n briffio chi ma siŵr, yndyn?'

'Be? Pwy?'

'Yr heddlu, 'de. Dach chi'n cael eich briffio efo unrhyw ddatblygiadau yndach?'

Roedd Geth yn siarad eto.

'Ond do's 'na'm datblygiada 'di bod, 'lly, nag oes, Myf? Dim mwy o gliwia amdani hi. Dim mwy o alwada na negeseuon.'

Edrychodd Elliw allan ar y llyn eto, a meddwl sut beth fyddai cerdded i mewn iddo, a chael ei meddiannu yn ara bach gan y tonnau bach crychiog ar wyneb y dŵr, nes bod 'na ddim byd ond y gwagle ar waelod y llyn yn bwysig. Teimlad felly oedd i eiriau Geth. Teimlad gwag anobeithiol.

'Ti'n meddwl bod 'na rwbath 'di digwydd iddi, dw't, Geth?' meddai o'r diwedd.

'Asu nac'dw, pam ti'n deud hynna?'

Syllodd Myfi yn ei blaen. Roedd y geiriau yn tagu yn ei gwddw, ei gwefus isa'n crynu.

'Pam ti'n deud hynna, Myfi?' gofynnodd eto.

'Prestatyn,' meddai o'r diwedd.

Gallai deimlo llygaid Geth arni, er ei bod yn dal i edrych yn ei blaen.

'Dyna lle oedd hi 'di gyrru'r neges yna, medda'r heddlu.'

'Reit,' atebodd Geth. 'Pam sa hi'n Prestatyn o bob man, d'wad?'

'Dwn i'm. Ti 'di clywed am County Lines?'

'Do, siŵr Dduw. Defnyddio pobol ifanc 'tha mulod drygs i godi busnes yng nghefn gwlad Cymru.'

'Ac yn y trefi glan môr. Llefydd fatha...'

'Prestatyn,' gorffennodd Geth.

Roedd hi ar fin deud wrtho iddi fynd yno yn y car a gweld y bobol ifanc yn eu dillad drud. Ond eto, am yr ail waith y diwrnod hwnnw, penderfynodd beidio, a dal ar ambell i brofiad yn glyd yn ei breichiau. Ac am yr ail waith y diwrnod hwnnw hefyd, doedd hi ddim yn gwybod pam.

Pan ganodd y ffôn, neidiodd Geth a hithau. Roedd y sŵn yn uchel yn y car bach ar lan y llyn mawr llonydd.

'Myf?' gofynnodd ei thad, ac roedd ei lais yn grynedig. 'Myf, ma'r heddlu yma. Wnei di ddŵad adra, plis?'

19

ROEDD YR APÊL Cyhoeddus wedi cael ei drefnu yn sydyn iawn, ar frys bron, fasai Myfi'n ddeud. Roedd hynny ynddo'i hun yn ddychryn. Felly dyma nhw drannoeth, yn stafell gyhoeddus yr Orsaf Heddlu yng Nghaernarfon.

Gallai Myfi glywed eu sŵn, y murmur tawel fel haid o wenyn prysur. Roedd hi wedi bod yno ei hun, toedd? Wedi ei harfogi efo beiro, ei phad papur yn wyryfol lân, yn barod i reibio unrhyw wybodaeth a ddeuai o enau'r trueiniaid o'i blaen.

A rŵan dyma hi. Yn yr un sefyllfa ei hun. Yn un o'r trueiniaid.

Ochneidiodd Myfi yn uchel, a damio ei bod wedi gwneud. Roedd Geth wrth ei hystlys. Yn gynnes. Yn gysur.

'Sdim rhaid i chdi neud hyn, sti. Os ydy o'n ormod.'

Mor braf fasai nodio'i phen a chilio'n ôl i dawelwch a phreifatrwydd stafell aros fach waliau llwydion yr orsaf.

Edrychodd ar ei thad, a'r chwys yn sglein ar ei dalcen. Doedd dim ogla diod arno bore 'ma, o leia – ond roedd ei lygaid yn awgrymu iddo fod ar y botel neithiwr.

'Dach chi'n iawn, Dad?' gofynnodd iddo, ac edrychodd arni am funud fel tasa fo'n ei gweld hi am y tro cynta.

Yna nodiodd y mymryn lleia rioed.

'Yndw, boi. A chditha?'

Cyrhaeddodd ei mam yn hwyr, a chwmwl o bersawr yn ei hamgylchynu. Roedd wedi penderfynu gadael y lliwiau adra, diolch byth, ac wedi gwisgo rhywbeth oedd yn addas o syber i'r achlysur.

'Sut wyt ti, Myfi?' holodd, ac edrych am eiliad i lygaid Myfi, cyn sganio'r stafell coridor bach o'i blaen.

'Dwi 'di bod yn well, 'de!'

'Dwn i'm faint o help fydd y miri 'ma, ond fyddan ni 'di gneud ein gora, byddan?'

Nodiodd pawb. Aeth yn ei blaen.

'Ac ella berswadith hi i roi gora i'r lol 'ma a dŵad adra!'

Distawrwydd annifyr.

'Yli, dwi am fynd 'nôl i'r stafall aros, yli,' sibrydodd Geth wrth Myfi, gan wasgu ei braich yn gefnogol. Nodiodd Myfi arno a hanner gwenu.

Galwyd arnyn nhw i mewn i Stafell y Wasg wedyn, diolch byth, stafell oedd wedi ei chreu yn arbennig ar gyfer apeliadau cyfryngol fel hyn.

Daeth fflach neu ddau o gamerâu o ddau gyfeiriad, yna dim byd. Tawelwch parchus. O'r herwydd, roedd sŵn y cadeiriau yn llusgo ar hyd y llawr leino yn fyddarol wrth i bawb gymryd eu seddi.

Roedd y Prif Gwnstabl yno, dyn oedd wedi dod yn syth o *central casting*, gyda'i fwtsâsh awdurdodol a'i wallt brith wedi ei frwsio yn ôl. Roedd DC Haf Parry yno wrth gwrs. Yna ei thad. Ei mam. A hithau. Y teulu bach toredig, a phawb am y gorau i geisio edrych yn anghyfforddus.

Dechreuodd y Prif Gwnstabl arni'n eitha handi, chwarae teg iddo. Doedd Myfi ddim yn ddigon gwirion i feddwl mai o'u herwydd nhw oedd hynny. Roedd o'n meddwl am y gwaith oedd o'i flaen am weddill y diwrnod, siŵr o fod. Ond doedd dim ots am hynny.

Roedd yna uwchdaflunydd y tu ôl iddyn nhw, a llun Elliw

yn gwenu arno. Oddi tano, mewn print bras, roedd y geiriau 'MISSING/ AR GOLL' ac yna ei manylion moel: oed, taldra, lliw gwallt, lliw llygaid, beth oedd hi'n gwisgo pan aeth hi ar goll. Doedd dim rhaid i Myfi droi rownd i edrych arno. Hi oedd wedi rhoi'r llun o Elliw iddyn nhw. Hwn oedd y poster oedd yn mynd i ddechrau cael ei ddosbarthu o gwmpas yr ardal yn syth ar ôl yr apêl, yn ôl pob tebyg.

Teimlodd Myfi yn euog oherwydd mai gwaith dyfalu oedd y busnes beth oedd hi'n wisgo mewn gwirionedd. Oherwydd ei bod wedi mynd allan heb ddeud llawer o ddim wrth Wil cyn mynd, wedi diflannu drwy'r drws ffrynt ac yntau'n y gegin efo Janet, siŵr o fod, doedd gan Wil ddim llawer o glem beth oedd hi'n wisgo, deud y gwir. Myfi ddyfalodd pa fath o bethau oedd hi'n arfer eu gwisgo o'r llunia a yrrodd iddi dros y ffôn, ac ar ôl gwneud bach o waith ditectif am beth oedd ar goll o'i wardrob.

Edrychodd Myfi allan ar y dorf o newyddiadurwyr brwd, i weld a oedd hi'n digwydd nabod unrhyw un ohonyn nhw. Tasai'r stafell yma yn Lerpwl, mi fasai hi'n nabod dros eu hanner nhw. Ond roedd llawer iawn o'r rhain o'r tu allan i'r ardal, neu'n fengach na hi yn yr ysgol, fel nad oedden nhw wedi ymddangos ar ei radar. Mi roddai Myfi'r byd i fod yr ochr arall i'r ddesg y funud yma, yn cymryd nodiadau ar drallod rhywun arall.

Clywodd Myfi ambell air, 'bregus', 'mewn risg', 'poeni am ei diogelwch', 'mewn cwmni drwg'. Sgriblodd nhw i lawr yn ei phen, a bron na chlywai'r feiro'n crafu ar bapur. Beth oedd yn gwneud yr Elliw danllyd hunanhyderus yn 'fregus' mwya sydyn? Heblaw am y ffaith ei bod allan yna yn y byd mawr ar ei phen ei hun, wrth gwrs.

Yna trodd y sylw at ei mam. Cliriodd Sylvia ei gwddw, fel

petai hi'n mynd i ganu aria, a ffidlodd efo'i mwclis yn nerfus. Edrychodd Myfi arni o gil ei llygaid. Doedd ganddi ddim co' o fod wedi gweld ei mam yn nerfus o'r blaen.

'Isio apelio ydw i… ydan ni… Elliw ydy'n hogan bach ia, ac os ti'n sbio ar hwn, Elliw, 'dan ni'n poeni amdana chdi. Ella bod petha ddim 'di bod yn… hawdd yn ddiweddar… i chdi, ond 'dan ni yma i chdi. A 'dan ni isio i chdi ddŵad yn ôl, plis.' Yna ychwanegodd, ''Dan ni'n poeni amdana chdi, Elliw.'

Diolch byth ei bod wedi bod yn ddigon doeth i gymedroli rhywfaint ar beth oedd hi wedi ei ddeud yn y coridor, meddyliodd Myfi. Ond beth oedd hi'n feddwl wrth ddeud fod 'petha ddim 'di bod yn hawdd' i Elliw? Cyfeirio at y blydi Janet yna oedd hi? Ond doedd Myfi ddim yn gweld Elliw yn rhedeg at ei mam i hel straeon am Janet chwaith, rywsut.

'Mr Elias? Rhywbeth dach chi isio ychwanegu?'

Dim ond wedyn y dechreuodd tu mewn Myfi ddechrau toddi, dim ond wedyn y teimlodd ei hwyneb yn cochi, a'i gwefus yn crynu. O weld Wil annwyl, yn sychu top ei wefus efo llawes ei siwmper, yn gwingo yn ei groen o flaen y fath sgriwtini powld, yn ceisio cael hyd i'r geiriau oedd yn mynd i weithio, y geiriau oedd yn mynd i ddŵad â'i hogan bach o'n ôl ato.

Ddeudodd o ddim llawer mewn gwirionedd. Ond roedd yr hyn ddeudodd o'n ddigon. Wedi iddo dawelu, a llaw Myfi yn gorwedd fel aderyn ar ei fraich, arhosodd y stafell yn ddistaw, a phob beiro'n hofran uwch y papur. Sylwodd Myfi ar law Haf Parry hefyd wedi glanio ar ei ysgwydd am ennyd 'swyddogol'.

Un newyddiadurwr gymerodd hi i dorri'r foment, ac yna cafwyd bonllef o gwestiynau o bob tu. Y Prif Gwnstabl gymerodd yr awenau.

Nac'dan, 'dan ni ddim yn amau hynny ar hyn o bryd.

'Dan ni ddim yn fodlon ymhelaethu am unrhyw gyswllt ar y foment.

Does dim achos gennym i gredu ar hyn o bryd bod Elliw...

Ydan, 'dan ni'n edrych ar y posibilrwydd bod y rhwydwaith Llinellau Sirol yn ffactor yn ei diflaniad...

Ac yna, roedd popeth ar ben, ac roedd pawb yn codi o du ôl y bwrdd, gan guddio wyneb gwenog Elliw ar yr uwchdaflunydd wrth wneud.

Ac yna fe'i gwelodd. Ed. Yn y siaced flêr oedd mor ingol o gyfarwydd iddi.

20

'WOULD YOU LIKE a scone, Ed? Since you've come all the way from Liverpool!'

Estynnodd Sylvia ymlaen, gan ledaenu pwff o'r persawr oedd yn dechrau troi ar Myfi yn barod.

Diolchodd Ed iddi, gan roi'r sgonsan ar blât bach oedd yn edrych yn hurt o fychan ar ei gorff sylweddol. Gwenodd yn foddhaus, a rhoi winc slei ar Myfi, yn synhwyro'i chwithdod.

Roedd hi'n od gweld Ed yno yn llenwi'r soffa yn stafell ffrynt magnolia ei mam. Teimlai'r holl sefyllfa fel drama o fewn drama, sefyllfa ddomestig ddiniwed a waliau'r stafell i gyd ar dân. Cofiai Myfi weld cynhyrchiad tebyg yn y Playhouse llynedd. Tybed oedd Ed yn cofio?

Yn syth wedi'r Gynhadledd i'r Wasg, roedd y teulu wedi cael eu hebrwng yn ôl i'r stafell ddigymeriad yn yr orsaf, er mwyn medru dod atyn nhw'u hunain wedi'r her o wneud yr apêl.

Roedd y gynhadledd wedi bod yn un lwyddiannus, meddai'r Prif Gwnstabl Castio Canolog, er nad oedd Myfi yn gweld sut y gallai fod mor hyderus o hynny. Ella beth oedd o'n feddwl oedd bod pawb wedi chwarae ei ran yn effeithiol, ac nad oedd yna unrhyw aelod o'r wasg wedi gofyn cwestiynau rhy annifyr na bwrw sen ar ymdrechion yr heddlu mewn unrhyw ffordd.

Wyneb disgwylgar Geth welodd hi gynta yn yr ystafell deulu, ei lygaid yn grwn o gonsýrn. 'Sut aeth hi? Ti'n iawn?'

Ond roedd sylw Myfi ar rywbeth arall.

'Sori, Geth, ond dwi newydd weld cyd-weithiwr i mi o'r *Journal*.'

'Pwy?'

'Ti'm yn nabod o, nagw't?' brathodd 'Yli, dwi isiu ulo'l ddal o cyn iddo fo fynd. Wela i di wedyn, ocê?'

Gwasgodd heibio i bawb, gan geisio peidio cael ei dal mewn sgwrs efo neb ar y ffordd allan. Llwyddodd, rywsut, a rhedeg allan i'r maes parcio yng nghefn yr adeilad. Yr eiliad honno, meddyliodd ella y byddai'r gohebwyr eraill yn siŵr o'i nabod o'r gynhadledd a cheisio dal ei sylw ar gyfer egsgliwsif. Toedd hi wedi gwneud yr un peth ei hun sawl gwaith! Ond doedd dim rhaid iddi boeni. Er bod y maes parcio'n llawn o geir, doedd yr un enaid o gwmpas. Roedd hi ar fin troi yn ôl am yr orsaf pan welodd Ed, yn pwyso yn erbyn ei gar ac wrthi'n sgwennu'n ddyfal ar ei bad sgwennu. Rhedodd ato, ac erbyn iddi ei gyrraedd roedd yntau wedi agor ei freichiau led y pen er mwyn iddi gamu i mewn iddyn nhw ac ymgolli yn ei goflaid.

'Thought it was your sis when the police press release came through. Took a chance.'

Atebodd Myfi mohono, dim ond gwasgu ei fraich a gwybod ei bod yn andros o falch o'i weld. Doedd hi ddim wedi cael cyfle i yrru neges ato ers cyrraedd adra; wedi cael ei llyncu gan yr ardal, gan yr holl fusnes o fod yn Myfi Craig Ddu eto.

★★★

Yn ôl yn y lolfa wen, roedd Bill yn sefyll fel sowldiwr, yn pwyso yn erbyn ffrâm y drws, fel tasai o ddim wedi penderfynu'n iawn oedd o am aros yno ai peidio. Roedd wedi edrych ar Myfi o'i chorun i'w sawdl wrth ei chyfarch, fel yr oedd yn arfer wneud, rhywbeth oedd wastad yn codi cryd ar Myfi ac Elliw fel ei gilydd. Doedd a wnelo'r ffaith fod o'n gyn-blismon ddim oll â'r peth.

Roedd Gethin yr ochr arall i'r stafell, yn gwgu. Ai dychymyg Myfi oedd fod Geth yn edrych yn hyll i gyfeiriad Ed? Doedd Myfi ddim wir wedi cael llawer o gyfle i gyflwyno'r ddau yn iawn i'w gilydd. Gallai Gethin fod yn ddigon babïaidd am bethau felly, wedi'r cyfan. Tasai Wil ei thad wedi cael gwahoddiad i'r cyfrin gynulliad, mi fasai'r ddau wedi medru gwgu am y gorau ar ei gilydd! Hynny yw, tasai 'na rhyw fydysawd cyfochrog lle basai Wil wedi derbyn gwahoddiad i'r tŷ!

'So do you think she would have travelled as far as Liverpool, then, Ed?' holodd Sylvia, gan estyn plataid arall o sgons iddo wrth ddweud.

'Dio'm yn bell iawn, nac'di, Mam! Awr a hannar ar y trên ydy o, dim Outer Mongolia!'

'Understood that bit!' meddai Ed gyda winc. 'I'll write a feature and get her picture out there. You never know.'

'Pob man yn agos dyddia yma... Rhy blydi agos!' mwmiodd Geth, heb drafferthu cyfieithu i Ed.

Meddyliodd Myfi tybed oedd yr heddlu yn mynd i roi gwybod hefyd i'r Garda yn Iwerddon, neu i'r heddlu ym mhorthladdoedd de Lloegr a Ffrainc. Oedd diflaniad Elliw yn mynd i fod o ddiddordeb iddyn nhw? Tasai hi'n ddeg oed, mi fasai'n stori wahanol, wrth reswm. Oedd stori Elliw yn ddigon difyr iddyn nhw? Oedd hi'n ddigon pwysig?

Roedd rhywun yn deud rhywbeth am y cyfryngau cymdeithasol, a gwnaeth Bill rhyw sŵn dirmygus yng nghefn ei wddw, fel tasai rhywun wedi rhechan. Datganodd mai hwnnw oedd y felltith fwya, oedd yn rhoi syniadau ym mhennau pobl ac yn chwarae efo'u meddyliau nhw.

Atebodd Ed fod modd i bethau fel Facebook a Trydar fod yn hanfodol mewn sefyllfaoedd fel hyn, a bod yr heddlu yn gwneud defnydd helaeth ohonynt erbyn hyn er mwyn lledaenu unrhyw apêl am wybodaeth.

Cymerodd Bill hyn fel arwydd i sythu a sgwario'i sgwyddau cyn-blismon yn lletach byth, gan wneud datganiad arall yn nodi fod o wedi bod yn aelod o'r heddlu am ugain mlynedd a doedd o ddim angen i neb ei oleuo fo ar sut oedd yr heddlu yn gweithio, wir!

Ochneidiodd Myfi, heb falio pwy oedd yn ei chlywed. Edrychodd ar Sylvia, oedd yn symud ei golygon o Bill at Ed, fel tasai hi'n edrych ar gêm ping pong. Roedd yr hyn roedd Sylvia wedi ei ddweud yn y Gynhadledd i'r Wasg oedd yn dal i naddu.

Roedd llais hunanfoddhaus Bill yn troi arni cymaint â'r hen hanesion oedd ganddo am ei yrfa fel plismon.

'Ma'r pethau County Lines 'ma yn dechrau mynd yn bla. O'n i'n siarad efo Trevor diwrnod o blaen am y peth. Trevor a finna'n arfer bod ar yr un patsh am flynyddoedd.'

Ategodd Ed y sylw, a deffrodd Geth hefyd a rhoi ei bwt i mewn.

'Mae hi'n dechra mynd yn broblem fawr yng nghefn gwlad yma,' meddai Geth.

Daeth fflach o lun i ben Myfi; criw bach bywiog ar y prom ym Mhrestatyn, a'u swagr brau. Ac yna Siwsi wallt sgarlad yn y garafán fach fudur. Doedd dim lle i Elliw yn y lluniau yma, ac eto mae rhaid ei bod hi yno, reit yn eu canol, o'r hyn awgrymodd Siwsi.

Cododd Myfi yn sydyn, a phenderfynu bod yn rhaid iddi adael y stafell.

'Mam, dach chi isio helpu fi i neud mwy o de i bawb?'

cynigiodd Myfi. Edrychodd Sylvia arni fel het. Doedd Myfi ddim yn enwog am gynnig helpu ei mam dan unrhyw amgylchiadau fel arfer.

'Rhag ofn i mi iwsio rhwbath dwi ddim i fod i neud,' ychwanegodd Myfi yn biwis, ac mi weithiodd hynny. Rowliodd Sylvia ei llygaid a chodi ar ei hunion, gan gychwyn cerdded yn gwmwl persawrus y tu ôl i Myfi i gyfeiriad y gegin.

Safodd Myfi a'i bol yn erbyn oerni'r sinc oedd yn wynebu'r hances boced o ardd daclus.

'Does dim isio i chdi wneud rhyw sioe o'r ffaith 'mod i'n ofalus o'n llestri!' dechreuodd Sylvia, gan afael yn y gwpan agosaf a dechrau ei sychu'n egnïol.

'Ga i ofyn rhwbath i chi, Mam?' torrodd Myfi ar draws yr hunandosturi.

'Gofyn be, d'wad? Rwdlan gwirion,' mwmiodd Sylvia, ond gallai Myfi synhwyro'r anesmwythder yn ei llais.

'Rhwbath ddudoch chi yn y Gynhadledd i'r Wasg gynna, rhwbath am y ffaith bod petha ddim wedi bod yn hawdd yn ddiweddar...'

'Dwi'm yn cofio be ddudes i, wir! Roedd yr holl beth yn ffars llwyr os ti'n gofyn i mi.'

'Be oeddach chi'n feddwl? Wrth ddeud hynny? Be yn arbennig oedd wedi digwydd yn ddiweddar?'

Atebodd Sylvia mohoni, dim ond dechrau cadw'r llestri oedd wedi cael eu gosod yn dyrrau ar y bwrdd gweithio.

'Pryd welsoch chi Elliw ddwetha, Mam? Pryd fuodd hi yma?'

Tarodd Sylvia y soser oedd yn ei llaw i lawr yn ffyrnig ar y bwrdd, a throi i rythu ar Myfi, wrth i'r sŵn taro edwino.

'Ro'dd yr hogan mewn hwylia gwirion! Yn deud pob math o betha... brwnt! Yn taflu cyhuddiada. Mi fflowntiodd allan mewn tempar!'

'Am bwy?'

Syllodd Sylvia yn ôl arni, ac yna troi'n ôl at y llestri.

'Cyhuddiada am bwy, Mam! Dudwch! Waeth chi orffan 'ych stori, ddim!'

Cododd ei phen am eiliad i edrych ar Myfi. Roedd ei gên bowdwr yn crynu.

'Ia, stori! Gynni hi! Fasa Bill ddim yn meddwl twtsiad blaen ei fys...'

Saib, a thwrw mwmian siarad yn dod o'r stafell fagnolia.

'A... a dydy hi'm ei deip o, prun bynnag,' ychwanegodd Sylvia, a sylwodd Myfi am y tro cynta ar y crac oedd wedi dechrau ymddangos yn y soser fach a gafodd y glec.

21

A R Y FFORDD adra o dŷ ei mam roedd Myfi'n difaru ei henaid ei bod wedi cynnig llifft adra i'r Geth dawel wrth ei hochr. Rhoddai'r byd rŵan am gael y car iddi hi ei hun a'i meddyliau yn sgil ei sgwrs efo'i mam, a'r ffaith ei bod yn amlwg yn cuddio rhywbeth am Bill.

'Dach chi'n ffrindia da, i weld,' meddai Geth o'r diwedd, a'r geiriau'n dew, fel tasan nhw wedi ceulo tu mewn iddo fo yn rhy hir.

'Pwy?' gofynnodd Myfi yn ddianghenraid.

'Chdi a'r Sgowsar.'

'Ed ydy'i enw fo. Ac yndan, 'dan ni'n gweithio efo'n gilydd ac yn gyrru mlaen yn dda. Yn dda iawn, deud y gwir! Oes 'na broblam?'

Edrych allan drwy'r ffenest oedd ymateb Geth. Doedd gan Myfi ddim amynedd ei swcro, ond difarodd braidd ei bod wedi ei bryfocio yn ei hamwysedd. Doedd hithau ddim gwell na fo trwy wneud hynny. Ond roedd gynno fo blydi wyneb yn edliw Ed iddi, ar ôl be oedd o wedi'i wneud efo Siân Poncia!

Roedd hi wedi teimlo rhyw wacter rhyfedd gynnau wrth ffarwelio efo Ed a gwylio ei gar yn diflannu'n rhy sydyn o lawer i lawr y ffordd o dŷ ei mam. Roedd ei weld wedi bod yn fwy o donig nag oedd hi wedi ei feddwl, y ffrind oedd yn nabod ochr arall ohoni i'r hyn yr oedd yn ei ddangos adra yn Nantlle. Ond roedd meddwl am y ddau fyd yn cyfarfod drwy ddiflaniad Elliw yn ei hanesmwytho. Ac yn ei hatgoffa bod diflaniad Elliw yn mynd yn fwy difrifol gyda phob awr.

'Pryd wela i di eto?' holodd Geth, wrth droi i estyn am handlen y drws i'w agor ar ôl iddyn nhw gyrraedd tu allan i'w stryd.

'Sgen i'm syniad. Fedra i'm meddwl am ddim ond Ell ar y funud,' atebodd Myfi yn onest. Edrychodd Geth arni, ac yna nodio'i ben.

'Fedra i ddallt hynny,' meddai. 'Amser anodd, dydy?'

Atebodd mohono fo'r tro hwn, rhag agor gwythïen arall yn y sgwrs.

'Ti'n gwbod lle fydda i os ti isio fi,' meddai, ac estyn drachefn am handlen y drws. Yna trodd.

'Dwi dal i dy garu di, sti, Myf. Ti yn gwbod hynna, dw't?'

Ac yna camodd allan.

Edrychodd hi ddim ar ei ôl wrth iddo gerdded i ffwrdd oddi wrth y car, dim ond rhoi'r car mewn gêr a symud y car yn ei flaen. Wedi gadael y pentre, tynnodd i mewn i un o'r chydig lefydd pasio ar y lôn oedd yn rhuban llwyd cul o'i blaen. Rhythodd dafad arni dros ben ffens mewn cae oedd yn uwch na'r lôn, a rhythodd Myfi yn ôl arni. Gwyn ei byd, y jadan, meddyliodd, a'i bywyd mor uffernol o syml.

Aeth allan o'r car ac anadlu gwynt y mynydd yn ddwfn, er mwyn cael gwared o eiriau Geth o'i phen, geiriau oedd wedi cael eu caethiwo yn aer stêl y car ers iddo fo eu deud nhw. Doedd ganddi ddim calon i fynd yn ôl i Graig Ddu yn syth, yn enwedig os oedd y blydi Janet 'na yno, yn hawlio'r lle fel petai hi wedi byw yno erioed. Edrychodd i lawr ar ehangder y Fenai ac at Sir Fôn yn gorwedd fel deinosor cysglyd yn y dŵr.

Rhoddai'r byd am fedru symud ymlaen a gadael y car. Dringo, dringo i fyny'r llethrau rhwng y grug a'r creigiau, i fyny i ben y bryn ac aros yno. Roedd yr ysfa mor gry, yma ym mhurdeb awel y mynydd. Doedd rhyfedd fod Elliw wedi bod isio gadael y blydi lot ar ôl, a dŵad yma i gael anadlu.

'Pyrf ydy o!' roedd Elliw wedi'i ddeud. 'Ti 'di sylwi ffor' mae ei hen dafod o'n llyfu top ei fwstásh o pan mae o'n siarad efo chdi! Be ma Mam yn 'i weld ynddo fo?'

Roedd Elliw a hithau wedi chwerthin a gwneud stumiau droeon am Bill a'r ffordd roedd ei lygaid yn crwydro dros eu cyrff arddegol cynnar.

Doedd Myfi ddim yn lecio ateb yr hyn oedd yn ei phen; mae'n rhaid ei fod o'n Adonis yn y gwely, ac yn werth ei ffortiwn. Doedd Sylvia ddim yn un i gracio cneuen wag eilwaith, ar ôl gwneud hynny efo Wil.

'Gna'n saff bo' chdi ddim yn mynd rhy agos ata fo, wir! Crîp!' oedd yr unig beth ddeudodd Myfi ar y pryd.

Ond roedd 'na rywbeth wedi digwydd, roedd hynny'n amlwg. Rhywbeth oedd yn amlwg yn embaras i'r tri ohonyn nhw – i Elliw, ei Mam ac yntau. A pha mor berthnasol oedd hyn i benderfyniad Elliw i… ddiflannu? Os mai ei phenderfyniad hi oedd gwneud hynny?

Brysiodd Myfi yn ôl i mewn i'r car, gan ei bod yn dechrau oeri, gan deimlo pwysau fel carreg yng ngwaelod ei hymysgaroedd. Daeth lori fawr i fyny'r ffordd, a chanu corn arni yn ddiamynedd. Doedd lonydd culion y mynydd ddim wedi eu cynllunio ar gyfer dau gar. Taniodd yr injan a chychwyn i fyny'r ffordd, gan droi i'r dde ymhen tipyn a gwau ei ffordd i lawr i'r pentref tuag at siop ei thad.

Er bod yna arwydd 'AR AGOR' ar ddrws y siop gigydd, wrth i Myfi drio'r bwlyn i agor y drws, roedd hwnnw ar glo. Safodd yn ôl, ac edrych i fyny ac i lawr y stryd wag. Yna aeth at y drws a chnocio'n ysgafn ar y gwydr, gan feddwl galw 'Dad? Myfi sy 'ma. Isio gair!'

Ond ailfeddwl wnaeth hi, gan feddwl pwy fasai'n ei gweld a'i chlywed tu ôl i gyrtans les y gymdogaeth. Yn lle galw, aeth i fyny'r stryd ac yna i lawr yr ale fach oedd yn arwain at gefnau adeiladau'r stryd fawr. Roedd y bleind wedi ei dynnu i lawr dros ffenest y drws heddiw, a safodd Myfi yn stond am rai munudau, a'i chlust ar y gwydr. Roedd rhywun tu mewn, yn bendant, a rhywbeth yn gwneud sŵn rhyfedd yn dod o du mewn i'r gweithdy.

Gafaelodd yn y bwlyn a'i droi eto, er mwyn tynnu ei sylw.

'Dad? Dad? Fi sy 'ma! Myfi!'

Stopiodd y sŵn, ond ddaeth dim ateb.

Cnociodd ar y gwydr y tro hwn, yn ddigon uchel iddo glywed, ond heb frys na braw yn perthyn i'r gnoc.

'Dad? Dach chi'n iawn?'

Ac yna rowliodd bleind y drws i fyny gyda chlec, a safai Wil yno, a golwg gythreulig arno. Roedd ei fochau yn goch ac yn wlyb.

'Agorwch y blydi drws 'ma, newch chi? Mae'n oer allan yn fan'ma, chi!'

Cyffyffl, rhwygo dodrefn ar draws y llawr, ac yna doedd 'na ddim yn eu gwahanu. Aeth ei thad i eistedd i lawr ar y gadair roedd wedi ei llusgo ar draws y drws, gan boeni dim sut olwg oedd arno. Roedd o'n amlwg wedi bod yn yfed eto. Ac roedd o wedi torri.

'Iesgob, dach chi'n iawn?'

Ateb ei thad oedd gafael yn y darn papur A4 oedd yn gorwedd ar y bwrdd gweithio wrth ei ymyl, a syllu arno fel tasai fo'n disgwyl ateb. Poster o Elliw oedd o. Yr un oedd wedi ei blastro ar draws yr uwchdaflunydd, yr un oedd bellach yn blastar o gwmpas yr ardal yn dilyn yr apêl.

'Rhywun... wthiodd o... drw' drws gynna. Rhyw fastad.'

Yn nwylo Wil, roedd delwedd Elliw yn dod yn fyw eto, yn crynu fel pilipala ac yn ceisio codi oddi ar y papur sgleiniog.

Roedd Wil yn syllu i lawr arno, fel tasai o'n disgwyl gweld y wyrth yn digwydd. Sylwodd Myfi ar wyneb Elliw, a'r gwaed o ddwylo'r cigydd wedi ei daenu ar ymylon y poster, ac ar hyd un ochr ei phen, ei gwallt golau yn binc-goch gan waed carcas rhyw anifail. Trodd ei stumog.

Estynnodd Myfi hances bapur o'i phoced a'i chynnig i Wil. Roedd ei drwyn yn rhedeg fel afon.

Cymerodd yr hances ond wnaeth o ddim ymdrech i sychu'i ddagrau na'i drwyn, dim ond eistedd yno yn ei fedd-dod a'i hunandosturi.

'Ma hi 'di mynd!' meddai, rhwng ochneidiau, oedd yn fwy o embaras na dim arall i Myfi.

'Mi ddaw yn ei hôl, gewch chi weld. Unwaith wneith yr apêl yna ddechra ca'l effaith mi fydd 'na rywun 'di gweld hi, ne mi fydd Elliw ei hun 'di...'

'Naci. Janet. Hi sy 'di mynd! Wedi 'ngada'l i! Deud bo fi'm yn ei dallt hi. Deud bo fi'm ffit!'

Doedd Myfi ddim yn siŵr ai chwerthin neu roi hergwd i'w thad oedd y gorau. Roedd o'n torri ei galon am Elliw ond hefyd am y blydi Janet yna oedd yn ei nabod o ers pum munud! Roedd ei ddagrau hael i bawb, ac iddo fo'i hun yn gymaint â neb.

'Dach chi'm ffit yn fan'ma rŵan fel hyn, nac dach, Dad! Ylwch, awn ni adra. Do's 'na neb yn disgwyl i'r siop fod ar agor fel arfer. Fydd pawb yn dallt. Gawn nhw fynd i Tesco am eu cig. Lwgan nhw ddim!'

Dim ond dal i igian crio a syllu ar y poster wnaeth o.

'Be dwi 'di neud, Myf? Be wnes i o'i le?'

Aeth Myfi at y bleind a'i dynnu lawr a boddi'r ddau ohonyn nhw yn hanner gwyll ac oglau gwaed anifeiliaid y stafell gefn.

22

AM YR AIL waith yn ei hanes, bu'n rhaid i Myfi roi ei thad yn y gwely fel plentyn a thaenu'r dwfe yn ofalus dan ei ên cyn tynnu'r cyrtan a'i 'gwneud hi'n nos' fel roedd ei mam yn arfer ddeud wrth Elliw a hithau ers talwm.

Roedd hefyd wedi ei hebrwng i'r lle chwech i chwydu, a dal ei llaw ar ei dalcen wrth iddo dywallt y rhaeadr amrywiol o'i stumog. Safodd uwchben ei wely, ac edrych i lawr arno. Stwyriodd yn ei gwsg a saethodd un fraich allan o'r cocŵn cotwm, a gorwedd yn y gwely. Llaw fawr a gwawr oren y gwaed ar hyd y croen byth, er iddi fod wedi ceisio sgwrio chydig arno yn y stafell molchi. Syllodd am rai munudau ar y llaw yma oedd wedi bod yn ddim byd ond caredig wrthi erioed. Symudodd ato er mwyn ei symud hi'n ôl dan y dwfe, ond allai hi ddim ei gyffwrdd y tro yma, mewn gwaed oer.

Aeth Myfi i lawr y grisiau a mynd i eistedd yn y gegin dros banad. Edrychodd ar y poster gwaedlyd ar y bwrdd, a'i droi drosodd. Fe fyddai'n ei daflu'n nes ymlaen, rhag ypsetio ei thad ymhellach ar ôl iddo ddeffro. Trodd y radio ymlaen am eiliad neu ddau cyn ei ddiffodd. Roedd hi angen y llonyddwch, a'r distawrwydd yn fwy na dim.

Mae modd eistedd a meddwl am ddim byd. Dyna oedd yn braf iddi ei gofio. Doedd dim rhaid i unrhyw beth amharu ar y weithred syml o eistedd, a theimlo'r bwrdd dan ei phenelin, a chlywed y tŷ yn anadlu ac yn bodoli ar yr un pryd â hi. Syllodd ar y fas fach o flodau oedd yn gwywo o'i blaen ar y bwrdd, a'r ffordd roedd yna harddwch yn y farwolaeth hon, yn yr ildio a'r derbyn.

Cafodd lonydd am chwarter awr dda cyn i gryndod cyfarwydd ei ffôn ei dadebru.

Edrychodd arno am rai eiliadau, cyn ei godi a'i agor, gydag ochenaid.

Good to see you, our Myfi. Take care. Ed. X

Geiriau moel oedd mor annigonol i gyfleu ei bresenoldeb mawr. Roedd o mor ddoeth, mor hawdd siarad efo fo. Yn rhywun roedd hi'n medru llwyr ymddiried ynddo i wrando arni ac i roi'r cyngor gorau, heb agenda.

Daeth hiraeth drosti hefyd am strydoedd Lerpwl, a'r bywyd dinesig. Bywyd dinesig oedd heb gymhlethodau nac euogrwydd. Cerdded adra'n feddw mewn sodlau uchel ar hyd strydoedd sgleiniog. Cyfathrach unnos, a mwg sigarét y bore wedyn yn signal fod y weithred wedi ei chyflawni. Gyrfa, y stori nesa, bwrlwm swyddfa brysur. Ac yn perthyn i neb ond iddi hi ei hun.

Gwthiodd eiriau Geth oddi wrthi drwy godi a tharo'r tegell ar y tân unwaith eto. 'Dwi'n dal i dy garu di, sti.' Geiriau o'r galon oedden nhw, doedd ganddi ddim amheuaeth o hynny. Ond roedden nhw hefyd yn eiriau oedd yn rhaffau i'w chlymu. I fan'ma. Iddo fo.

Er waetha cresiendo harti'r tegell, neidiodd Myfi o'i chroen wrth glywed cloch y drws ffrynt.

'Pwy ddiawl?'

Roedd y dyddiau pan oedd pobol yn galw ar hap yng Nghraig Ddu wedi hen basio, hyd yn oed cyn i'w mam adael y nyth. Roedd gan Sylvia ryw ffordd o wneud i bawb deimlo'n anghyfforddus, fel tasen nhw wedi tarfu ar rywbeth pwysig wrth feiddio camu dros y trothwy. Doedd ymdrechion Sylvia i fod yn *hostess with the mostest* yn ei chartref newydd ddim yn argyhoeddi Myfi.

Y Swyddog Cyswllt Teulu, DC Haf Parry, oedd yno, a'i gwên mor gynnes â'i henw.

Syllodd Myfi arni, a theimlo ei choesau yn gwegian.

'Dach chi'n brysur? Ydy hi'n iawn i mi ddod i mewn?'

Camodd Myfi o'r neilltu fel ateb, ac aeth Haf Parry drwodd i'r gegin gefn, fel tasai hi wedi hen arfer, yn cael ei denu fel gwyfyn at y golau. Roedd hi'n sefyll wrth ymyl y bwrdd erbyn i Myfi gyrraedd, ac wedi troi'r poster gwaedlyd drosodd, fel bod wyneb Elliw yn gwenu i fyny arni.

'Dach chi 'di ffendio hi?'

Daliodd y blismones i syllu ar y poster am eiliad, ac yna ysgwyd ei phen.

'Naddo. Sa'm byd 'di dŵad trwadd eto. Fel'na mae hi'n gweithio weithia ar ôl apêl. Distawrwydd cyn i betha ddechra dŵad trwodd. Ac yna mi ddaw 'na rywbeth, rhyw *lead* – galwad ffôn, neges ar Messenger, llythyr weithia!'

Suddodd Myfi i'w chadair, a disgwyl am y teimlad o ryddhad.

'Dach chi 'di brifo'ch bys?'

'Sori?'

Gafaelodd Haf Parry yn y poster gwaedlyd. Roedd y gwaed wedi tywyllu rŵan ar hyd gwallt euraid Elliw, ac edrychai'n debycach i fwd i lygaid diniwed. Ond roedd hon yn giamstar ar nabod gwaed, wrth gwrs.

'Naddo... ym... Dad. Dad oedd wedi mynd â'r poster i'r siop efo fo a wedyn... Gwaed anifail ydy o,' ychwanegodd Myfi, gan weld llygaid y blismones yn culhau.

'A lle ma'ch tad rŵan, Myfi? Dal yn ei waith?'

Syllodd y ddwy ar ei gilydd. Roedd cymaint o gyfrinachau,

cymaint o bethau yn pwyso arni hi ac yn bygwth ei sigo.

'Mae o'n ei wely,' meddai, a gwybod y byddai hi'n deud mwy.

★★★

Roedd hi wedi bod yn dda, chwara teg. Yn glên. Yn dallt. Wedi gweld y cwbwl o'r blaen, mae'n siŵr, er gwaetha ei hieuenctid. A doedd hi ddim fel tasai Myfi ei hun yn ddiniwed, nag oedd? Yn gorfod sgwennu copi ac ymchwilio i bob math o bethau ers iddi fynd i weithio ar y *Journal*. Nid sgwennu am foreau coffi a pharcio anghyfrifol yn unig oedd hi, wedi'r cyfan. Roedd ochr frynta bywyd yn amlwg mewn dinas.

Mater gwahanol oedd gorfod trafod y ffaith fod ei thad annwyl, doniol wedi dechrau hitio'r botel. Doedd 'run ferch angen gweld ei thad yn udo crio fel'na, yn ddagrau ac yn llysnafedd i gyd, yn cael ei osod yn ei wely fel plentyn.

Gofynnodd DC Haf ers pryd oedd hyn wedi dechrau, ac wrth gwrs doedd gan Myfi ddim ateb. Dim a hithau wedi bod i ffwrdd am gryn fisoedd, gan adael Wil ac Elliw eu hunain.

Ac yna holodd Haf am Janet, holi pa mor dda oedd Myfi yn ei nabod hi. Yn sydyn, sylweddolodd Myfi mai Janet oedd y drwg. Doedd Wil prin yn cyffwrdd diod tan iddi hi ddŵad i mewn i'w fywyd. Ac roedd Elliw yn siŵr o fod yn medru gwneud fel mynnai hi, a Wil a'i ben yn y cymylau.

'Ond ma hi 'di mynd rŵan, ma'r ddau wedi gorffan,' meddai Myfi, a theimlo'n rhyfedd yn siarad fel tasai hi'n sôn am ddau gariad yn yr ysgol.

'Prestatyn,' meddai Haf wedyn. 'Chawsoch chi ddim byd arall o Brestatyn, naddo? Dim neges arall.'

'Dim byd,' atebodd Myfi yn onest. 'Es i yno… i chwilio.'

Gwelwodd y blismones fymryn o glywed hyn.

'Rhag ofn i mi ei gweld hi. Mond i fyny'r arfordir mae o. O'n i'n meddwl ella tasa hi'n fy ngweld i…'

'Gwell i chi adael petha i ni, Myfi. On ydy Elliw wedi cael ei thynnu mewn i ryw gang County Lines fel'na, do's wybod lle fasan nhw'n stopio i wneud yn siŵr ei bod hi'n aros yn driw iddyn nhw.'

Roedd yna synnwyr yn yr hyn roedd hi'n ddeud, wrth reswm.

'Dwi jyst isio trio gneud rhwbath!' murmurodd.

Nodio yn unig wnaeth Haf, ac edrych ar ei wats.

'Gin i gyfarfod 'nôl yn y stesion mewn hanner awr. Sa well mi fynd.'

Safodd a chymryd dracht bach arall o'i the o'r gwpan.

'A chymrwch ofal. Ohonach chi'ch hun hefyd, cofiwch. A 'dan ni yma os dach chi isio help. Ne fedran ni eich cyfeirio at bobol sy'n dallt problema fel rhai eich tad.'

'Iawn. Diolch,' atebodd Myfi, a'i feddwl.

23

WEDI I HAF Parry adael, eisteddodd Myfi yn ôl yn y gegin am rai munudau, yn mwytho panad o goffi roedd newydd dywallt iddi hi ei hun. Doedd hi ddim wedi teimlo mor ddi-rym, mor... bathetig ers tro byd. Yn ei gyrfa, roedd bod yn weithredol yn elfen hanfodol wrth ddilyn trywydd stori, neu ffureta am ryw ddrwg yn y caws yn rhywle. Anaml iawn roedd storïau'n dod i chwilio amdanoch chi. Dyna pam, o bosib, fod Myfi wedi ymateb i'r llythyr di-enw hwnnw oedd wedi glanio ar ei desg, am ei fod yn brofiad newydd a chyffrous iddi. Ac eto rŵan, ar ei thomen ei hun, roedd cael chwilio am ei chwaer ei hun yn cael ei dynnu oddi wrthi hi, a'r heddlu yn mynnu rheoli unrhyw gyswllt.

Roedd gweld Ed wedi taenu rhywbeth drosti, rhyw ddyhead am fywyd roedd bron iawn wedi medru anghofio ei fod yn bod.

Wrth basio stafell ei thad, gwthiodd y drws ar agor yn ddistaw, a gweld ei fod yn dal yn cysgu, ei freichiau ar agor led y pen, a'i geg yn siâp canwr opera. Aeth ymlaen i'w stafell wely flodeuog, yn sicr y byddai'n gallu dibynnu ar awr o leia o lonydd.

Eisteddodd ar ei gwely ac estyn am ei gliniadur. Prin ei bod hi wedi edrych arno ers dod adra o Lerpwl, heb sôn am ei agor, bron fel petai gwneud hynny yn agor bocs Pandora arall o helyntion.

Roedd ei chyfarfod efo Gwen yn swyddfa'r *Journal* fel petai'n perthyn i ryw fyd arall. I feddwl bod bywyd y *Journal* yn dal i rygnu mlaen, fel petai mewn rhyw fydysawd cyfochrog.

Chwilfrydedd, felly, a berodd iddi agor y gliniadur a busnesu beth oedd wedi bod yn mynd ymlaen rhwng tudalennau'r *Journal* ers iddi hi ddŵad adra.

Sgroliodd drwy'r newyddion am rai munudau cyn iddi weld yr erthygl oedd wedi ei gosod ar dudalen pump. Roedd y pennawd yn sobreiddiol.

WOMAN'S BODY FOUND IN L'POOL CANAL LINK

Ac yna gwelodd y llun. Doedd hi ddim yn hawdd ei hadnabod i ddechrau, gan mai dim ond ei hwyneb wedi ei fframio gan hwd roedd Myfi wedi medru ei weld y noson honno yn y caffi. Ond wrth graffu ymhellach, doedd dim amheuaeth i Myfi mai'r ferch roedd wedi trefnu i'w chyfarfod ynghylch Joe Keegan oedd hon. Ac roedd yr heddlu yn dweud eu bod yn cadw meddwl agored ar hyn o bryd am sut yn union wnaeth hi fynd i gwrdd â'i Ffawd.

Aeth Myfi yn chwys oer. Syllodd ar y llun am rai munudau, a theimlo dim byd wrth syllu mewn anghredinedd. Yna cofiodd amdani yn sôn am golli ei brawd, a'r tinc plentynnaidd oedd i'w llais wrth iddi sôn am ei gwyliau glan y môr gorau erioed yng Nghymru.

Caeodd Myfi glawr y gliniadur drachefn. Daeth yn ymwybodol ei bod yn crynu. Allai ddim osgoi'r ffaith ei bod hi yn rhannol gyfrifol am beth oedd wedi digwydd i'r ferch. Ei herthygl frolgar hi am Keegan oedd wedi ysgogi'r hogan i gamu o'r tywyllwch a rhoi Myfi ar drywydd y stori am Keegan yn gwyngalchu pres.

Teimlodd Myfi ei chalon yn dechrau curo'n gyflymach. Roedd awgrym diamheuol fod Keegan yn gweithredu'r busnes tanddaearol yr un mor llwyddiannus ag yr oedd yn rhedeg ei fusnes adeiladu yn y ddinas. Ac roedd tynged y ferch druan bellach hefyd yn tanlinellu'r ffaith ei fod mwy na thebyg dros ei ben a'i glustiau ym myd tywyll cyffuriau hefyd. Doedd hynny ddim yn sioc. Ac eto roedd y cadarnhad yn troi ei stumog.

Roedd stori fel hyn yn fêl ar fysedd newyddiadurwr, ac yn stori fasai'n sicrhau sylw edmygus i'r *Journal* mewn cyfnod oedd wedi bod yn heriol yn wyneb yr holl newidiadau yn y ffordd roedd pobol yn caffael eu newyddion erbyn hyn. Pam felly oedd Gwen mor gyndyn o adael i Myfi fwrw mlaen efo'r sgŵp, i'r fath raddau fel ei bod wedi gyrru Myfi adra i gefn gwlad Cymru ar gyflog llawn? Doedd y peth ddim yn gwneud math o synnwyr. Roedd rhywbeth yn drewi.

Cododd Myfi ei phen a gweld deilen goch berffaith wedi glynu yng nghornel y ffenest wlyb. Sgarlad. Fel gwallt Siwsi. Siwsi, y ddol doredig, ddolurus. Yn gaeth i'w charafán a'i dibyniaeth. Ac os oedd amheuon yr heddlu yn gywir am y llwybr roedd Elliw wedi ei gymryd... Teimlodd Myfi ryw hen sicdod yn dechrau corddi eto yng ngwaelod ei bol. Ond roedd yr hyn ddylai ei wneud nesa yn hollol glir.

Cliciodd ar ei llygoden a chanfod y ffeiliau efo'r wybodaeth roedd hi wedi ei hel ar gyfer ei herthygl, dan y pennawd JOE 1, 2 a 3. Roedd digon yno i o leia godi cwestiynau am ymerodraeth fusnes Joe Keegan. Doedd ganddi ddim dewis. Roedd arni hi fwy o ddyletswydd byth rŵan i rannu ei gwybodaeth, hyd yn oed os nad oedd Gwen yn fodlon iddi wneud hynny yn y *Journal*. P'run bynnag, bosib iawn y basai gwneud hynny mewn blog di-enw yn mynd i fod yn llawer saffach i bawb. Yn cynnwys Elliw. Allai Myfi ddim diodde meddwl y basai rhoi ei henw ei hun ynghlwm ag erthygl yn gwneud drwg i sefyllfa ei chwaer. Ac os oedd sawl sefydliad ym mhoced Keegan, fel oedd yr hogan wedi awgrymu, wel, mi fasai blog yn gwneud yn siwr bod 'na ddim celu gwybodaeth. Gallai'r heddlu wedyn ddewis pryd a sut i weithredu. Ond gweithredu fasai raid. Mi fasai adwaith y cyhoedd i'r blog yn sicrhau hynny, gobeithio.

O fewn rhai munudau, roedd wedi medru cofrestru blog dan enw ffug, enw fyddai'n rhoi dim awgrym o bwy oedd hi. Roedd ei bysedd yn crynu braidd wrth iddi eu gosod ar yr allweddell. Llifodd y pennawd allan.

MERSEY BUSINESS EMPIRE IN DRUG INITIATIVE

Syllodd arno. Yna newidiodd y gair 'Initiative' i 'Horror'.

MERSEY BUSINESS EMPIRE IN DRUG HORROR

Roedd yn bennawd 'papur newydd' braidd, ond roedd yn denu sylw. Fe fyddai'r arddull ddilynol yn fwy anffurfiol, yn fwy sgwrsiol, yn fwy addas. Fe fyddai'n swnio fel rhywun oedd yn blogio o ddydd i ddydd, yn hytrach na fel hac oedd yn trio mynd y tu ôl i gefn ei bòs er mwyn cyhoeddi'r gwir.

***

Ymhen awr, roedd hi wedi ysgrifennu digon i gorddi'r dyfroedd ac i gosi diddordeb y cyhoedd ac, yn bwysicach, i bwyso ar yr awdurdodau. Gwnaeth awgrym hefyd fod a wnelo 'pobol' Keegan â marwolaeth y ferch yn y gamlas. Roedd ar Myfi hynny iddi. Eisteddodd yn ôl, gan fwynhau'r teimlad o gyflawniad. Roedd hi wedi colli'r teimlad yna o ddiflannu i mewn i fyd stori roedd hi'n ymchwilio iddi, o deimlo cynnwrf y geiriau yn ffurfio ar y sgrin o'i blaen. Ac wrth gwrs roedd 'na *frisson* pellach y tro hwn, gan ei bod yn mentro i mewn i fyd tywyll cyhoeddi yn anhysbys ar y we. Roedd y penrhyddid yn feddwol. Ac yn ei dychryn yr un pryd.

Darllenodd dros ei gwaith eto, gan dacluso yma ac acw. Yna clywodd sŵn stwyrian ar y landin, a thagiad ei thad wrth iddo gerdded yn drwsgwl i'r tŷ bach. Edrychodd ar y sgrin o'i blaen. Ac mewn amrantiad, roedd hi wedi pwyso Post, a'i geiriau a'i chyhuddiadau yn hedfan drwy'r ether. Ac allan i'r byd.

Wrth bwyso'n ôl ar y gwely ac amgyffred y gwacter annisgwyl roedd yn ei deimlo, fe neidiodd o'i chroen wrth glywed swn y tecst o'r ffôn wrth ei hymyl, gan roi cic i'r mẁg hanner llawn o goffi oer oedd wrth ei throed ar lawr. Syllodd ar y cwmwl brown yn diflannu'n hamddenol anochel i mewn i beil y carped trwchus.

24

RHO LONYDD.
DDIM ISIO DŴAD ADRA.

DOEDD DIM RHAID i Elliw roi ei henw wrth gwrs, gan fod y neges yn amlwg wedi dod oddi wrthi hi. Ond eto roedd 'na rhyw wacter yn y geiriau. Rhyw derfynoldeb oedd yn gyrru ias i lawr ei meingefn.

Neidiodd oddi ar y gwely a cherdded i lawr y grisiau, fel petai mewn breuddwyd. Safodd ar y gwaelod a gwrando eto am unrhyw synau yn dod o stafell ei thad wedi iddo fod yn y tŷ bach a chau'r drws yn glep. Ond o'r chwyrnu rhythmig, roedd yn amlwg ei fod o wedi mynd yn syth yn ôl i'w wely a syrthio i gysgu.

Ymhen pum munud, roedd Myfi wedi taro côt a sgarff amdani ac yn y car, yn dal i wingo gan eiriau noeth y neges.

Wrth yrru i gyfeiriad y mynydd, meddyliodd tybed lle roedd Elliw wedi gweld yr apêl, ynteu oedd yna rai o'i 'ffrindia' newydd wedi deud wrthi amdano. Dychmygai Myfi hi ar ryw soffa fudur yn rhywle, neu mewn tafarn dywyll, a'i hwyneb yn fflicran ar sgrin deledu fawr yn y gornel. Fe fyddai Elliw yn siŵr o gochi, a gwingo mewn embaras, o gael ei theulu yn apelio yn gyhoeddus fel'na, a hithau ddim ond isio llonydd. Ac eto roedd y ffaith bod Elliw yn mynd i drafferth i ddal i gysylltu, hyd yn oed i ddeud nad oedd hi isio cyswllt, yn rhyw fath o galondid rhyfedd, meddyliodd Myfi. Ac Elliw oedd wedi cysylltu, roedd Myfi yn reit siŵr o hynny. Pwy arall fasai, o ddifri, yn mynd i drafferth?

Stopiodd y car mewn pryd i fedru agor y drws a gwagio cynnwys ei stumog ar y lôn. Pwysodd yn ôl yn erbyn y car wedyn, a'i phen yn nofio. Roedd y posibilrwydd arall mor amlwg. Mor amlwg fel ei bod hi wedi medru ei stwffio fo i ryw gornel a pheidio'i gydnabod. A beth os mai rhywun oedd yn cadw Ell yn erbyn ei hewyllys oedd yn gyrru'r negeseuon? Dyna oedd awgrym DC Haf wrth weld y neges gyntaf. Ac roedd Myfi wedi ei anwybyddu. Yn 'gwybod', meddai hi, mai Ell oedd wedi ei gyrru. Ond be os mai rhywun oedd isio iddyn nhw adael llonydd i Elliw? Gyrru neges yn ei henw er mwyn gwneud i'r holl sylw gilio, iddyn nhw fel teulu gilio, gan adael Elliw yn gragen fach oedd yn medru cael ei defnyddio fel lecian nhw. Ond be oedd y tebygolrwydd bod rhywun yn medru gyrru tecst Cymraeg i ddynwared bod yn Elliw, gan ddefnyddio ei harddull hi, ei geiriau hi?

Teimlodd y chwd yn bygwth eto, a phwysodd ymlaen.

'Bwyd Wil ddim 'di gwella rhyw lawar, 'lly?'

Doedd hi ddim wedi gweld golwg o neb wrth iddi hi yrru ar hyd y ffordd, nac wrth blygu drosodd i chwydu.

'Ffycin el, Geth! Ti'n trio rhoi hartan i mi, ta be?'

Roedd o'n sefyll yno yn ei ddillad gwaith, yn edrych i lawr arni, a'i ddwylo ymhleth. Damia fo am ei gweld fel hyn.

'Gwreiddiol w't ti! Dechra colli'r nac o ddefnyddio geiria'n gelfydd, ma raid!'

Roedd o'n gwenu wrth ddeud y geiriau, ond doedd gan Myfi ddim amser am ei gemau pryfoclyd heddiw.

'Ti'n ysu am fynd 'nôl i weithio ar y papur, ma siŵr? Unwaith fydd pob dim drosodd.'

'Pob dim drosodd?' poerodd Myfi.

'Pob dim 'di sortio. Ti'n gwbod be dwi'n feddwl. Pan fydd… Elliw 'di dŵad yn ôl.'

Edrychodd eto ar Geth, oedd erbyn hyn yn sbio i ffwrdd i gyfeiriad yr arfordir, fel petai'n trio meddwl beth i'w ddeud nesa. Meiriolodd Myfi.

'Well i titha fynd 'nôl i dy waith 'fyd. Cerddad y llwybra, ne be ffwc arall ti'n neud!'

Trodd i edrych arni eto, a gwenu'n ôl wrth weld ei gwên hithau.

'Ti'n ocê?'

'Yndw, well rŵan. Rhyw fechdan ham doji. Fel dudest ti, dydy Wil ddim y gora efo'i *sell-by dates*. Amball i damad o gaws i fod mewn amgueddfa!'

Chwarddodd Geth ac edrych arni yn y ffordd yna oedd yn gwneud iddi wegian.

Heb ddeud rhagor, camodd Myfi yn ôl i mewn i'r car, a chau'r drws reit sydyn, cyn i Geth neu hithau gael yr ysfa i chwydu cynnwys eu calonnau ar y lôn garegog o'i blaen hefyd.

Wrth yrru i ffwrdd, gallai Myfi ei weld yn troi ac yn cychwyn cerdded i lawr yn ôl i gyfeiriad y pentre.

Pam na ddeudodd wrtho ei bod wedi cael tecst arall gan Elliw a'i bod isio iddyn nhw stopio chwilio amdani? A pham na soniodd am y gwaith roedd hi wedi bod yn ei wneud yn y dirgel? Y stori fawr oedd ganddi, y blog roedd hi wedi ei rannu efo'r byd.

Y diffyg rhannu, y gwagle hwnnw o bethau oedd ddim yn cael eu deud, dyna ddechrau diwedd unrhyw berthynas, meddyliodd. Ac yn hoelen yn arch unrhyw berthynas oedd yn bygwth ailddechrau...

Anelodd Myfi drwyn y car i gyfeiriad y goedlan fach ar ochr y mynydd. A pham na soniodd wrth Geth ei bod yn mynd i fynd yn ôl i weld Siwsi unwaith eto, fel gwyfyn at olau?

Cipiodd y gwynt yn ei sgarff wrth iddi ddechrau cerdded.

Roedd y mynydd yn lle anial pan oedd y tywydd yn troi tu min, a'r gwynt yn brathu. Yng nghefn gaea, fe fyddai'r eira yn setlo yn gynt ar y mynydd nag yn unrhyw le arall, a'r oerni yn treiddio dan bob carreg, ac yn lapio ei hun o gwmpas unrhyw blanhigyn oedd yn meddwl cael byw eto yn y gwanwyn.

Edrychai Myfi o'i chwmpas yn ofalus wrth nesáu at y garafán. Doedd y drws ddim ar agor, ond doedd hynny ddim yn syndod, o ystyried y tywydd. Roedd y llenni bach blodeuog wedi eu tynnu rywsut-rywsut ar draws y ffenest. Tybed oedd Siwsi wedi gorfod gadael ar dipyn o frys? Doedd gan Myfi ddim math o gyswllt efo hi ar wahân i'r ffaith ei bod yma yn y garafán. Os oedd hi wedi gadael, dyn a ŵyr fasai'r ddwy byth yn cyfarfod eto, a'r unig gyswllt oedd ganddi ar hyn o bryd efo Elliw hefyd wedi mynd.

Wedi cyrraedd drws y garafán, edrychodd Myfi o'i chwmpas unwaith eto cyn pwyso ei chlust yn erbyn y garafán a gwrando am unrhyw synau y tu mewn. Dim. Roedd hi'n rhy hwyr. Roedd Siwsi wedi mynd.

Beth wnaeth iddi gnocio drws y garafán a galw ei henw, doedd Myfi ddim yn gwybod, ond dyna wnaeth hi. Dim. Ond wrth i Myfi droi ar ei sawdl a dechrau cerdded i ffwrdd, clywodd y drws yn cael ei ddatgloi a'i agor, a bron yn union wedyn, daeth llais oedd yn graciau i gyd.

'Helô?'

Roedd yn amlwg mai Siwsi oedd hi, ond diflannodd bron yn syth yn ôl i mewn i'r garafán, gan adael y drws ar agor. Heb feddwl ddwywaith, trodd Myfi yn ei hôl a'i dilyn i mewn.

Os oedd dipyn o olwg yn y garafán y tro cynta fu Myfi yma, yna roedd yn balas o'i gymharu â'r hyn a welai rŵan. Roedd unrhyw glustog fudur wedi ei thaflu ar y llawr yn un twmpath, a chlustogau'r soffa hefyd wedi eu taflu blith draphlith ar hyd y lle.

Eisteddai Siwsi fel deryn bach wedi ei anafu ar ymyl ffrâm bren y soffa. Bron nad oedd Myfi yn medru nabod ei hwyneb. Roedd wedi chwyddo'n fawr ar un ochr, a chleisiau piws ar draws ei bochau, gydag un lygad biws ddu ynghau. Roedd y cleisiau ar ei breichiau hefyd yn biws ddu a gwaed wedi hen geulo yn ei gwallt.

''Nes i wrthod un. O'dd o isio i mi…' Doedd dim emosiwn yn ei llais, dim ond sŵn gwag. Edrychodd ar y llawr.

Daeth y penderfyniad i Myfi heb iddi feddwl ddwywaith. Gwelodd gôt ffwr-cogio binc fudur wedi ei thaflu ar y bwrdd. Cydiodd ynddi.

'Reit. Ty'd.'

Cododd Siwsi ei phen a syllu arni drwy un lygad glwyfus.

'Ty'd, o 'ma,' meddai Myfi eto.

Ysgydwodd Siwsi ei phen.

'Na. Dim cops. Dwi'm isio.'

'Ti'n dŵad adra efo fi, Siwsi. Rŵan. Adra i Graig Ddu. I gartra Elliw.'

25

DIM OND WRTH iddi yrru i ffwrdd i gyfeiriad Craig Ddu, a Siwsi yn gorwedd fel plentyn ar y sêt gefn, y dechreuodd Myfi feddwl be ddiawl oedd hi'n ei wneud. Ond roedd hi'n rhy hwyr i ddifaru, os oedd hi'n difaru hefyd. Sut i gyflwyno Siwsi i'w thad oedd y broblem fwya, a hwnnw ddim mewn unrhyw stad i fedru cael neb na dim arall i mewn i'w fywyd. Ond roedd y syniad o adael Siwsi yn y garafán ffiaidd yna i ddisgwyl rhagor o gamdriniaeth yn rhywbeth nad oedd posib iddi ddychmygu ei wneud. A chan mai Siwsi oedd yr unig linyn cyswllt oedd ganddi efo Elliw ar hyn o bryd, roedd hynny'n werth unrhyw risg, siawns.

Cyrhaeddodd y tŷ, a pharcio mor agos ag y medrai at y drws, rhag i Siwsi orfod cerdded ar draws yr iard goblog fwdlyd o'r cwt oedd yn gweithredu fel garej. Roedd y glaw wedi dechrau unwaith eto, a'r gwynt wedi codi ac yn chwibanu fel bwgan yng nghilfachau'r beudai. Doedd dim rhamant yng nghefn gwlad pan oedd y tywydd yn dechrau gafael. Mor hawdd oedd anghofio hynny pan oedd sglein y ddinas yn dechrau pylu.

Edrychodd Myfi ar Siwsi, a gweld ei bod wedi syrthio i gysgu a'i cheg wedi llithro'n hanner agored. Fe fyddai amser iddi wneud yn siŵr bod Wil yn dal o'r ffordd yn ei wely, fel ei bod hithau yn gallu gosod Siwsi yn y stafell gefn drws nesa i'w stafell hi am y tro, stafell oedd yn cynnwys bocsys a hen gotiau'r teulu oedd wedi gweld dyddiau gwell.

Ond wrth iddi agor drws y tŷ, daeth yn amlwg o sŵn hisian

y tegell fod Wil wedi dadebru ac yn y gegin. Damiodd dan ei gwynt. Aeth drwodd ato, ag oglau tost yn llenwi'r lle. Roedd Wil yn amlwg hefyd wedi cael cawod a newid ei ddillad.

'Lle buest ti? Gymri di hanad?' gofynnodd, ac estyn am yr ail fŵg o'r cwpwrdd cyn iddi hi gael amser i ateb.

'Dach chi 'di dŵad atoch eich hun, 'lly?'

'Te ta coffi?' gofynnodd yntau yn ddidaro, fel petai heb ddeud gair.

'Dad, gwrandwch. Gin i rywun yn y car efo fi. Rhywun...'

Stopiodd Wil yn ei unfan, a throi ati hi, ei lygaid yn sgleinio.

'Elliw?' gofynnodd. Gafaelodd yn ei braich, ac edrych yn daer i'w llygaid hithau fel petai'r ateb yno. 'Ydy Ell 'di dŵad yn ôl, yndy?'

Mor braf fasai wedi medru clymu geiriau efo'i gilydd fel goleuadau Dolig, i ddeud ei bod hi'n ôl, a bod pob dim yn iawn, ac yn mynd i fod yn iawn am byth. Roedd gorfod taenu'r niwl yn ôl dros ei obaith yn torri ei chalon.

'Naci, Dad, Ffrind ydy hi. Ffrind i Elliw.'

'Ffrind iddi?' meddai Wil ar ei hôl, ac yna daeth y golau yn ôl i'w lais. 'Ffrind i Ell?'

'Rhywun sy'n ei nabod hi. Siwsi ydy ei henw hi. Ond mae hi mewn bach o drwbwl. Ac angen to uwch ei phen am dipyn. Geith hi ddŵad?'

'Disgw'l ma hi?'

Roedd bod yn feichiog yn gyflwr mor naturiol, yn rhywbeth mor hawdd i'w dderbyn a'i esbonio.

Chwiliodd ei lygaid ei llygaid hithau am funud, yn symud o un lygad i'r llall wrth iddo drio cael trefn ar bethau yn ei ben.

'Ella. Dwi'm yn lecio gofyn gormod.'

'A ma hi'n ffrind i Elliw?'

'Rhywun sy'n ei nabod hi. Yn cofio ei gweld hi. Ond mae Siwsi angen ein cefnogaeth ni, Dad. Angen rhwla saff. Ond i chi wbod, mae 'na olwg arni. Rhywun 'di ymosod arni hi. Cofn i chi ddychryn.'

'Ymosod? Toes 'na ddiawlad o gwmpas lle 'ma, d'wad? A honno mewn ffasiwn gyflwr… '

'Mi fydd hi'n iawn. Mond iddi gael lloches. Aros efo ni am chydig. Tan fydd hi'n saff.'

Edrychodd arni hi'n hir eto, cyn nodio.

'Well ti ddŵad â hi mewn, 'di'm ffit i neb fod allan tywydd yma.'

★★★

Ychydig funudau fu Siwsi'n sefyll yn y gegin cyn i'w choesau roi oddi tani, ac i Myfi ei helpu i'r gadair agosa.

Roedd yn amlwg bod Wil wedi dychryn braidd o weld yr olwg oedd arni, a ddeudodd o ddim rhyw lawer, gan synhwyro y byddai'n well iddo beidio holi gormod am Elliw tan oedd hi'n teimlo chydig yn well. Cynigiodd wneud panad iddi hi, a derbyniodd gyda gwên wantan. Gallai Myfi synhwyro pa mor hunanymwybodol oedd hi o'r creithiau ar ei dwylo a'r olwg oedd ar ei hwyneb. Gwingai yn ei sêt, gan geisio ymddwyn mor normal â phosib. Felly pan soniodd Myfi y dylai hi fynd i fyny'r grisiau a chael cawod cyn mynd i'w gwely am chydig, cododd Siwsi ar ei thraed yn syth, os yn simsan.

Hanner awr yn ddiweddarach, roedd Siwsi'n swatio dan y dwfe roedd Myfi newydd ei roi amdani. Roedd hi wedi dechrau crynu'n egnïol ar ei ffordd yn ôl o'r gawod, a'r chwys yn llifo drosti. Roedd Myfi wedi darllen digon am gamau *detox* i wybod nad oedd yn hardd nac yn hawdd. Beth oedd natur dibyniaeth Siwsi, hi'n unig fyddai'n gwybod. Ond roedd Myfi yn dawel ei meddwl ei bod wedi ei hachub o sefyllfa allai ddim ond mynd o ddrwg i waeth. Dim ond gobeithio bod rhywun yn mynd i fedru talu'r un gymwynas yn ôl i Elliw, ble bynnag oedd hi.

Eisteddodd ar ris ucha'r grisiau, ac agor ei ffôn. Doedd dim neges newydd gan neb. Ystyriodd a ddylai ddeud wrth rywun am decst diweddara Elliw. Deud wrth yr heddlu oedd yr ateb amlwg. Ond beth petai DC Haf a'i chriw yn penderfynu felly nad oedd pwynt gwastraffu adnoddau pellach ar ddynes ifanc oedd jyst yn dymuno dechrau bywyd newydd yn rhywle arall? Fasai hi mo'r gynta. Ac roedd y syniad o ddeud wrth ei thad nad oedd ei hogan bach o isio dŵad yn ôl yn rhywbeth nad oedd Myfi'n barod amdano. Ddim eto, beth bynnag.

26

Deffrodd Myfi yng nghanol nos i sŵn wylofain y gwynt, neu felly y tybiodd. Roedd Craig Ddu dros ddau gant oed, ac wedi gwrthsefyll hyrddiadau sawl storm yn wrol, ond roedd y ffenestri yn caniatáu i'r gwynt sleifio i mewn drwy'r corneli, ac roedd 'na ddrafft parhaus mewn un stafell neu'i gilydd, hyd yn oed yng nghanol yr haf. Faint o weithiau glywodd hi ei mam yn cwyno am y peth, ac yn deud bod byw yn y tŷ fel byw mewn adfail ar ochr mynydd.

Ond wrth iddi hi ddadebru'n iawn, sylweddolodd Myfi nad o'r ffenestri y deuai'r sŵn, ond drwy'r wal, o'r stafell lle roedd Siwsi. Cododd, mynd ar y landin a gwthio drws ei stafell wely ar agor. Drwy'r hafn olau a ddeuai o'r gwawl rhywle i lawr grisiau, gallai weld Siwsi yn troi a throsi, ei gwallt yn glynu'n dynn am ei hwyneb chwyslyd. Doedd Myfi ddim yn siŵr oedd hi'n effro ai peidio.

'Dos! Dos o 'ma! Y ffycin *do-gooder* diawl! Ti 'di gweld be ti isio weld! Rŵan, ffycin dos!'

Trodd ei chefn at Myfi a wynebu'r pared, ei chorff yn dal i grynu fel petai ddim yn perthyn iddi hi.

'Ti isio i mi ga'l rhwbath i chdi? Dŵr? Wbath i fwyta?'

Daeth sŵn oddi wrthi eto, ddim crio fel roedd Myfi yn feddwl i ddechrau, ond chwerthin.

'Cwpanad o goco a cwpwl o Digestives, ia? Fydda i rêl boi wedyn!'

'Siwtia dy hun! Gin inna betha gwell i neud am dri o gloch

bora 'fyd!' atebodd Myfi, a cherdded allan o'r stafell, gan gau'r drws ar ei hôl. Ast anniolchgar, meddyliodd.

Ymddangosodd Wil ar y landin, fel ysbryd. Roedd yn amlwg arno yntau ei fod yn effro yn barod.

'Mynd drwydda fo'n go ddrwg, tydy? Y detocs.'

Roedd y gair yn od o'i glywed yn dŵad o enau Wil.

'Gymrith ddiwrnodau ella, chi. Ma'n medru gneud, meddan nhw.'

Nodiodd Wil.

'Neith les iddi hi gysgu am dridia, o'i golwg hi!'

'Gneith, Diolch, Dad.'

Cymylodd wyneb Wil am eiliad.

'Y cwbwl... y cwbwl fedran ni obeithio ydy bod rhywun allan yn fan'na yn rhoi cysgod i Elliw yn yr un ffordd, 'de. Yn rhoi cyfla iddi ddŵad ati ei hun, beth bynnag sy'n ei phoeni hi.'

Ac yna roedd Wil wedi troi i ffwrdd cyn i Myfi fedru ateb, a chychwyn am ei stafell wely'n ôl.

★★★

Pum niwrnod gymerodd hi i Siwsi fedru gwaredu'r cyffuriau o'i chorff. Pum niwrnod o chwysu a chwydu a griddfan gefn nos. Pum niwrnod i Myfi ddechrau meddwl ei bod wedi gwneud lwmp o gamgymeriad yn ei chynnwys hi yma, mewn rhyw ymgais i ddiwallu ei rhwystredigaeth am fethu dŵad o hyd i Elliw. Doedd dim angen bod yn sciciatrydd i weld mai hynny oedd hi'n drio'i neud.

Ond ar y chweched dydd, deffrodd Myfi i sŵn Radio Cymru yn paredio i lawr grisiau yn y gegin, ac ogla bacwn yn ffrio yn nofio i fyny ac i lawr y grisiau fel rhuban carnifal. Daeth allan o'i stafell a gweld fod drws stafell Siwsi ar agor, a'i gwely'n wag.

Wrth fynd i lawr y grisiau, daeth sŵn chwerthin hefyd i'w chyfarfod, a chafodd wared o unrhyw syniad fod Siwsi wedi gadael. Yn y gegin, dyna lle'r oedd Wil yn eistedd wrth y bwrdd yn gwenu fel ci, a Siwsi, a'i gwallt sgarlad yn gocyn ar dop ei phen, yn esgus meimio i'r gân ar y radio efo'r spatiwla fel meicroffôn.

'Rhywun yn teimlo'n well!' meddai Myfi, a synnu o glywed arlliw edliwgar yn ei llais ei hun. Ond sylwodd Wil na Siwsi ar ei goslef, yn amlwg.

'Yli, yli, sbia ar hon! Gwna hynna eto, Siwsi! Sbia, Myf, sbia ar be mae'n neud!'

Ailadroddodd Siwsi ei champ carioci, a chwarddodd Wil fel hogyn bach.

'Weles i ddim byd mwy doniol ers tro byd! Dylet ti fod ar y teli, Siwsi, dwi'n deud 'tha ti! Dylia, Myf?'

'Dylia,' atebodd Myfi, gan wenu. Roedd 'na rywbeth mor ddiniwed yn ei thad, weithia. 'Sa de ar ôl yn y pot, boi?'

'Dyna o'n i isio neud ers talwm...' ychwanegodd Siwsi, fel petai hi'n siarad am ganrif arall. 'Aeth Mam â fi i ysgol ddrama a bob dim am chydig, tan iddi hi fynd rhy ddrud, ia? Dyna cwbwl o'n i'n siarad amdana fo, medda Mam. Wrth 'y modd gneud i bobol chwerthin.'

Roedd yr olwg hiraethus ar ei hwyneb braidd yn embaras. Allai Myfi ddim cysoni'r olwg honno efo'r hyn welodd hi yn y garafán, yr hyn roedd hi'n wybod roedd Siwsi wedi gorfod ei wneud yno.

Sylwodd Myfi ar y cleisiau oedd yn dechrau melynu'n ddel, ac ambell un wedi dechrau edwino'n llwyr.

'Y detocs yn dechra dŵad i ben, 'lly?'

'Teimlo'n well na dwi 'di neud ers *ages*.'

'Peidio mynd ar y bastad peth eto, 'de, Siwsi. Dio'm lles nac'di, boi?' meddai Wil, gan giledrych ar Myfi. 'Sori am y rhegi.'

Gwenodd Myfi a Siwsi ar ei gilydd.

'Petha ddim mor syml, nac'dyn, Dad? Yn anffodus.'

'Nac'dyn, dwi'm yn deud, ond ma gin bawb y dewis, does? I fela efo drygs ne beidio.'

Roedd Siwsi yn ddigon tebol i'w ateb yn ôl.

'Be ydy alcohol ond dryg, jyst bod o'n fwy, fel... *acceptable*. Yndê, Myfi? Ma rhan fwya ohonan ni angan rwbath, dydan? Whatever gets you through the day! Yndê, Myfi?' meddai Siwsi gyda gwên.

Daliodd Wil lygaid Myfi, ac yna safodd ar ei draed.

'Mi helpa i fy hun i 'mechdan bacwn i, os ydy hynna'n iawn. Gin i betha dwi angan eu sortio efo'r lladd-dy cyn agor siop.'

'Dach chi am agor heddiw, 'lly? Syniad da.'

'Meddwl sa well mi. Cyn i'r cwsmeriad ddechra magu blas at gig mewn seloffên o Tesco.'

'Digon gwir!' atebodd Myfi.

Cipiodd Wil ei siaced *fleece* oddi ar gefn y gadair, a thynnu cap gwlân budur dros ei ben. Trodd cyn cyrraedd y drws.

'Swn i'n lecio rhyw... sgwrs bach efo chdi am Elliw, 'fyd, Siwsi. Rhag ofn i ni ga'l rhyw oleuni ar lle mae hi.'

Gwelwodd Siwsi rhyw chydig, ond nodio wnaeth hi.

'Ia, iawn. Nes mlaen, ia? Dwi am fynd 'nôl i ga'l *lie-down* am chydig ar ôl brecwast, dwi'n meddwl. Cymryd petha'n slo, ia?'

Nodiodd Wil a chario mlaen lawr y cyntedd at y drws ffrynt.

'Dad chdi'n ffyni, dydy?' meddai Siwsi ar ôl iddo fynd.

Roedd hi'n edrych mor ifanc, a'r colur wedi ei sgwrio oddi ar ei hwyneb.

'Ma hynna'n un gair amdana fo!' meddai Myfi, dan wenu.

'Dio'm yn anodd, t'bod.'

'Be sy'm yn anodd?' holodd Myfi, gan ddechrau hel y llestri i'r sinc.

'Ca'l dy dynnu mewn… gynnyn nhw…'

Rhewodd Myfi, ond gwnaeth ei gorau i gario mlaen efo'i gorchwyl rhag tarfu ar y llifeiriant.

'Ma nhw mor neis efo chdi. Uffernol o neis. Prynu wbath ti isio. Mêcs gora. Gneud chdi deimlo'n… sbesial.' Chwarddodd. 'A wedyn ti'n styc, dw't? Fatha pry yn un o'r petha *Halloween* 'na.'

'Gwe pry cop!'

Doedd Siwsi ddim i weld yn ei chlywed.

'Hollol hwcd. A wedyn yn hollol ffwcd. Dyna na'th ddigwydd i chwaer chdi, ma siŵr. Wel, ia, deffinet.'

Roedd y tywydd drwg oedd wedi cau fel amdo am Graig Ddu am ddiwrnodau wedi darfod am y tro, ond roedd yr haul yn dangos pa mor fudur oedd y ffenestri ar ôl y ddrycin.

27

OEDD MYFI DDIM wedi disgwyl gweld llawer ar Geth eto, ddim ar ôl eu cyfarfyddiadau pigog diweddar. Ond roedd y diawl wedi mynnu ymddangos mewn breuddwyd neithiwr, ei sibrwd clust yn gwneud iddi wingo, a'i ddwylo yn gwneud iddi lifo dan chwant. Diffyg cyfleoedd oedd yn peri iddi hi ddechrau cael breuddwydion felly am hen gariad, yn amlwg, rhesymodd Myfi wrth iddi hi ddeffro yn chwysu ac yn ysu drosti. Ceisiodd beidio cyfadda bod yna rywbeth am Geth o hyd. Yr atyniad yna oedd wedi corddi y tu mewn iddi y tro cynta welodd hi o ar ôl iddo symud i'r ardal efo'i waith.

Rhyfedd felly oedd iddi ateb y drws iddo'r bore hwnnw, chydig ar ôl i Wil adael am ei waith, ar ôl i Siwsi fynd am ei *lie down*, chwedl hithau. Roedd Geth yn sefyll yno, yn ei ddillad gwaith eto, ac yn gwenu arni. Damia fo.

'Ydy'r Ymddiriedolaeth yn dy dalu di i grwydro hyd lle 'ma yn hel tai, yndyn?' gofynnodd Myfi yn gwta.

'Isio gweld oedda chdi'n dal ar dir y byw o'n i. Golwg uffernol arna chdi dwrnod o'r blaen.'

''Di bwyta rwbath od o'n i, iawn, *charmer*? Tsiampion 'ŵan.'

'Dda gin i weld,' meddai.

'Yndy, ma siŵr,' atebodd hithau.

'Go iawn, Myf.'

Atebodd Myfi mohono, dim ond sefyll yno yn meddwl beth oedd o'n disgwyl iddi wneud nesa.

'Dwi ar brêc os ydy'r tegell yn gynnas,' mentrodd wedyn,

gan gynnig y wên hogyn drwg yna oedd yn gwneud i'w thu mewn wanio.

Safodd yn ôl a gadael iddo ddŵad i mewn, ac aeth ar ei union i'r gegin, fel dafad yn dilyn ei llwybr i fyny'r mynydd.

'Wil welish i ar ei ffordd i pentra rŵan jyst?'

'Ia, 'di mynd i agor y siop mae o.'

'Da.'

'Da?' gofynnodd Myfi.

'Wel, bod o'n symud ymlaen, 'de.'

Gwelodd Myfi'n gwgu arno, ac ychwanegu, 'Yn ailgydio mewn petha.'

Roedd y geiriau'n tin-droi yn chwithig rhyngddyn nhw yn y gegin fach glòs.

Cydiodd Myfi yn y tegell a mynd i'w lenwi i'r sinc.

'Be'n union ti isio, Geth?'

'Sa neb arall yma, 'lly? Jyst chdi a fi. *Just like old times*, ia?'

'Dim yn *creepy* o gwbwl hynna, Geth!'

Roedd hi'n gwenu wrth ddeud.

Gwenodd yntau yn ôl.

'O'dd o braidd, doedd! Sori!'

Aeth Myfi at y tegell a'i daro i ferwi. Estynnodd am ddau fŵg oedd yn sychu drws nesa i'r sinc. Oedd Geth wedi sylwi ar y trydydd mŵg?

'Wel, mae 'na rywun arall yma, deud gwir,' meddai, gan lywio'r coffi yn domen dwt i mewn i'r mygiau fesul un.

Trodd i'w wynebu. Roedd o'n syllu arni.

'Ond cyn i chdi ddeud mwy, dim Elliw. Gwaetha'r modd.'

Cymerodd ei wynt ato am eiliad, ei lygaid yn llenwi.

'Reit.' Ac yna, 'Pwy 'ta?'

'Hogan ifanc sy mewn trwbwl. Ddim yn bell o oed Ell, deud gwir. Uffar o lanast arni hi, yn y garafán bach afiach 'na yn coed, cofio?'

Nodiodd Geth, a stwyrian yn ei sêt, fel petai meddwl am y lle yn codi pwys arno. Gosododd Myfi'r banad o'i flaen, a chymerodd ddracht ohoni, fel petai o'm wedi yfed ers pythefnos.

Brothel ydy hi, erbyn gweld. Wel, a *drug den*, 'de. O'dd hon yn ca'l ei chadw yna yn gaeth i'r stwff, a'r bastads uwch ei phen hi yn ei hwrio hi fel seidlein. 'Na chdi uffar o beth.'

'Blydi hel!'

'Hollol. Ma hi 'di bod yn detocsio yn fan'ma am jyst i wsnos. Dŵad ati'i hun 'ŵan, bechod. Y peth ydy, dwi'm yn gwbod be i neud nesa, sti.'

Esboniodd Myfi ei mantra am amddiffyn ei ffynonellau fel newyddiadurwr, a bod hynny'n gysegredig. Fel arall, fyddai neb yn ei thrystio ddigon i agor eu calonnau iddi.

'Sut ti'n mynd i'w chadw hi rhag y cops sy 'tha chwain o gwmpas Craig Ddu 'ma?' holodd Gethin.

'Fydd rhaid iddi gadw o ffor', bydd? Os dwi'n penderfynu gneud hynny.'

'Be ti'n feddwl?' gofynnodd Geth wedyn.

'Dylai'r bastads wnaeth hyn i Siwsi ga'l eu dal. Ma'r busnas Llinella Sirol 'ma efo drygs yn bla rownd lle 'ma.'

'Ydy o? Go iawn 'lly?'

'Geth! Be sy matar arna chdi? Ma dros y newyddion i gyd!'

'Diníw dwi, 'de!' atebodd Geth. 'Riportia nhw 'ta! D'wad wrth y Plod fach ifanc 'na. Be sy'n stopio chdi?'

Aeth Myfi at y ffenest a phwyso yn erbyn y sinc. O edrych allan ar yr ardd fach swat a'r cae ponciog o'i blaen, mi fasai rhywun yn medru taeru am eiliad ei bod yn ddiwrnod braf o haf.

'Ma hi'n nabod Elliw.'

Distawrwydd.

'Sut ti'n gwbod?'

'Mi ddudodd hi. Gweld fi'n debyg iddi hi, medda hi. 'Di cofio ei chyfarfod hi.'

'Shit.'

'Ac o wbod hynny fedra i'm… fedra i'm risgio gneud rhwbath fasa'n gneud iddi hi fynd o 'ngafa'l i eto, na fedra?'

Ddeudodd Geth ddim byd am eiliad neu ddwy.

'Ydy hi'n gwbod lle ma Elliw, 'ta?' holodd o'r diwedd.

'Di'm 'di deud, 'de, ond ella bod hi'n wsnosa ers iddi'i gweld hi. Cyn iddi ddiflannu, ella… Dwi'm rili 'di cael cyfle i holi gormod arni.'

'Ti ofn dychryn hi drw neud hynny?'

'Hollol. So dyna fo. Ma Ell ni yng nghanol hyn i gyd. Ti'n gwbod sut un oedd hi am ei mêcs drud, dim bod hi'n medru fforddio lot ohonyn nhw.'

'Mmm.'

'A ges i ffôn. Wel, tecst. O Brestatyn.'

'Prestatyn!' meddai Geth wedyn, a chymryd dracht dwfn arall o'i goffi. 'A rŵan ti'n sôn?'

'Sori, Geth. Anghofish i, do? Efo pob dim sy'n digwydd. Ond y pwynt ydy mewn llefydd fel'na ma'r gangia County Lines 'na'n medru gweithio. O'dd 'na griw o bobol ifanc ar y prom yna, a finna'n….'

'Be, est ti yno? O, Myf…'

Nodiodd, ac yna roedd Geth wedi codi ac wrth ei hymyl, ei freichiau yn cau amdani, a'i wefusau yn ei gwallt.

★★★

Aeth i fyny i'w stafell wely ar ôl iddo adael, a gorwedd yno am funudau lawer, yn syllu i fyny ar y nenfwd pinc. Heb yn wybod iddi, crwydrodd ei dwylo i lawr ar hyd ei chorff wrth feddwl am y ffordd roedd y gwallt tywyll yn cyrlio dros glustiau Geth, am y ffordd roedd y blew byrion ar ei foch wedi pigo a chosi ei chroen hithau wrth iddyn nhw gael hyg sydyn wrth ffarwelio... y ffordd roedd ei wefusau yn ei gwallt yn medru gwneud iddi weld sêr.

Ar ôl dŵad, teimlodd yn euog ei bod wedi medru cysuro ei hun, a'r byd yn boncyrs y tu allan i ddrws ei stafell wely. Ond fasai hi mo'r gynta oedd yn ysu am gau ei llygaid ac anghofio pob dim ond pleser y funud.

Ymhen tipyn, estynnodd draw am y gliniadur wrth droed y gwely, ac agorodd y caead. Tybed oedd yna ymateb o gwbwl i'w blog? Tybed oedd yna unrhyw un wedi sylwi arno o gwbwl ym mhrysurdeb y draffordd seibr?

Synnodd o weld fod dros ddwy fil wedi gweld ei blog, a rhyw ddeg ymateb wedi bod. Pobol yn deud bod yr holl beth yn warthus, a'u bod nhw wedi amau fod Joe Keegan yn gwneud mwy nag adeiladu hanner y ddinas. Darllenodd gwpwl o sylwadau hefyd oedd yn llongyfarch 'Y Blogiwr' ar ei waith ymchwil ac am godi'r llen ar y busnes ffiaidd oedd yn mynd ymlaen dan fwgwd parchusrwydd.

Caeodd Myfi'r caead unwaith eto, a theimlo rhyw gymysgedd o ofn a boddhad. Ymateb oedd hi isio, yndê! A dyma hi wedi ei gael.

Agorodd y gliniadur eto, a gweld tybed oedd yna e-byst gwaith yn dal i ddŵad ati hi, er mwyn iddi esbonio y byddai'n eu hateb unwaith oedd hi wedi gorffen ei chyfnod sabothol yng ngogledd Cymru.

Denwyd ei llygaid yn syth at yr e-bost diweddaraf oedd ar frig y dudalen. E-bost gan Ed oedd o. E-bost? Pam oedd o'n gyrru e-bost ati hi yn hytrach na'i ffonio?

MYFI, where the hell are you? Been trying to reach you on mobile. Dodgy signal again?

Darllenodd ymlaen:

Scandals galore here. Gwen been suspended by *Journal* Board. Taken in by cops for questioning. Links with Joe Keegan. Dodgy dealings. Sex, Drugs and Rock and Roll. This blog kicked it off – see link.

Doedd dim angen i Myfi glicio ar y ddolen er mwyn darllen ei geiriau ei hun wrth gwrs.

Pwysodd yn ôl ar ei gwely, a cheisio dirnad beth oedd ei geiriau wedi ei achosi. Yng nghanol adroddiadau am ddigwyddiadau codi pres a straeon 'pinc' cyffelyb, roedd hi hefyd wedi sgwennu pethau mwy ymchwiliadol er mwyn tynnu sylw, wrth gwrs. Ond dim byd ar y raddfa yma, a dim byd dan fantell anhysbys. Dim rhyfedd bod Gwen wedi ymateb fel y gwnaeth hi i'r erthygl ddrafft roedd Myfi wedi ei sgwennu. Roedd hi ei hun wrth galon y peth!

Gwelwodd Myfi. Ac roedd hi'n mynd i fod yn hollol amlwg i Gwen pwy oedd wedi sgwennu'r blog, doedd? Anhysbys o ddiawl! Waeth iddi fod wedi arwyddo ei henw a rhoi ei rhif ffôn ar y diawl peth, ddim!

Teimlai ei bod wedi llusgo ei hun i ganol byd oedd yn llawer mwy peryglus nag oedd hi wedi ei fwriadu. A doedd dim troi'n ôl.

Cliciodd ar y blwch i ymateb i Ed, ond roedd y geiriau i gyd wedi diflannu o'i phen. Darllenodd dros ei neges eto, a chau'r gliniadur, gan feddwl be ddiawl oedd hi wedi neud. A be ddiawl oedd yn mynd i ddigwydd nesa.

Yna, dechreuodd deipio.

Ed, we need to talk.

28

DAETH GETH YN ôl o'r bar, gosod ei gwin gwyn o'i blaen, a chymryd swig o'i beint yntau.

'Synnu dim ma fisitors sy'n dŵad i fan'ma, a dim pobol leol!' meddai, gan dynnu wyneb. 'Ma hwn 'tha dŵr golchi llestri! A dŵr golchi llestri drud 'fyd!'

Roedd y ddau wedi penderfynu ar y cyd i ddŵad i un o'r tafarndai wrth y môr oedd yn fwy tebygol o fod yn llawn pobol tai haf na phobol leol ar benwythnos. Fel petaen nhw'n cael affêr, meddyliodd Myfi, ond ddeudodd hi ddim hynny.

'Ti'n siŵr bo chdi'n iawn? Golwg bell arna chdi,' meddai Geth, gan gymryd llymaid arall o'i beint.

'Sori!' atebodd, a gwenodd y ddau. ''Di blino dwi. Lot ar 'y meddwl.'

'Bownd o fod. Sut ma Wil 'di cymryd at yr hogan newydd, 'ta? Y Siwsi 'ma?'

'Iawn, rhyfeddol o dda, deud gwir. Bechod.'

'Ia,' atebodd Geth. Doedd dim angen ymhelaethu ar y 'bechod'.

'O'dd o 'di dechra mynd i yfad yn drwm, sti. Ond ma hynny i weld yn well yn ddiweddar.'

'Ti'n ca'l dylanwad da arna fo, ma raid, yli!' meddai Geth gyda gwên.

'Dwn i'm am hynny.'

'Sut hogan ydy hi, 'ta?' gofynnodd Geth wedyn. 'Y Siwsi 'ma? A lle'n union ma hi'n feddwl ma Elliw rŵan?'

'Geth! Ti'n meindio bo ni ddim yn siarad am y peth? Dwi'n

byw'r peth bob blydi eiliad o'r dydd. A ma 'na gymaint o betha er'ill yn mynd rownd yn 'y mhen i ar y funud, dwi jyst isio... smalio bach jyst mynd am ddrinc bach neis efo... hen gariad. Iawn?'

Cododd Geth ei sgwyddau, ac edrych i lawr ar ewyn hamddenol ei beint. Pan gododd ei lygaid i edrych arni, doedd 'na ddim arlliw o unrhyw hen gariad wedi diffodd ynddyn nhw.

Arhoson nhw ddim yn hir iawn wedyn, ond mynd am dro hir ar hyd y promenâd bach yn y tywyllwch, a theimlo'r gwynt yn brathu ar unrhyw groen oedd yn mentro dangos ei hun rhwng plygiadau eu dillad.

Roedd y dŵr yn llonydd, ac yn llepian yn ddioglyd ar gyrion y graean o draeth. Edrychai goleuadau Caergybi yn bell, bell.

'Ti'n credu yn y busnas ffawd yma?' gofynnodd Myfi, ar ôl chydig, cyn ychwanegu, 'Dyna ma rhei yn feddwl,' rhag ofn i Geth boeni ei bod yn dechrau ar rhyw lith sopi rhamantaidd.

'Nac'dw!' atebodd Geth ar ei ben. 'Crap ydy hynny.'

Chwarddodd Myfi. 'Paid â dal 'nôl, na wnei!'

'Ma'n wir, dydy?' ategodd Geth. 'Ar hap ma petha'n digwydd! Wel, rhan fwya o betha! Ti'n troi un ffordd yn lle'r ffordd arall. A ma un penderfyniad yn medru newid pob dim.'

'Ella bo chdi'n iawn... Dwn i'm be sy 'nychryn i fwya, bod troi i un cyfeiriad yn lle'r llall yn medru llywio petha, ta'r dewis arall bod yna rhyw Ragluniaeth wedi cael penderfynu o flaen llaw.'

Doedd dim rhaid iddyn nhw siarad llawer wedi cyrraedd tŷ Geth. Er ei fod wedi cynnig iddi hi ddŵad yn ôl yno i gael diod pellach a sgwrsio, doedd dim cyfle i wneud hynny. Trodd ato wedi i'r drws gau, codi ei phen i edrych i'w lygaid, ac yna cau ei hun amdano, gan anghofio am bopeth ond blas ei groen dan ei gwefusau a nerth cyfarwydd ei gorff cryf dan ei dwylo.

★★★

Oriau yn ddiweddarach, roedd hi'n dal yn dywyll pan agorodd ei llygaid, a chymerodd ychydig o eiliadau iddi gofio lle oedd hi ac efo pwy. 'Nôl yn Lerpwl, petai hi'n onest efo hi ei hun, dyma oedd un o'r rhannau gorau a'r gwaetha o'r profiad o ymroi i ddieithryn ar ôl noson allan. Agor un lygad, a gwrando ar anadlu diarth nesa ati ar y gobennydd, gan fwynhau'r dieithrwch wedi'r agosatrwydd, gan wybod na fasai hi byth eto yn clywed yr union sŵn hwnnw.

Pan drodd ei phen draw i edrych ar Geth, roedd o'n dal ei ben yn ei law, ac yn edrych arni hi. O'r wên ar ei wyneb, roedd o wedi bod yn edrych arni ers tro.

'Haia. Pam ti'n gwenu?' holodd Myfi, mewn llais craciog.

'Ti'n dal i ddriblan. Pan ti'n cysgu.'

'Geth! Paid! Cywilydd!' meddai hithau, gan sychu cefn ei cheg efo'i llaw.

'Dylwn i'm fod 'di aros.'

Roedd hyn yn cymhlethu pethau. Yn agor briw oedd angen crebachu a mendio. Doedd cysgu efo Geth neithiwr ddim wedi datod unrhyw beth. Ac eto... waw.

''Nest ti'm mwynhau, 'lly?'

Plygodd Geth i lawr, a dechrau olrhain croen ei braich efo'i dafod, yn araf araf, a'r anadlu poeth ar ei chroen yn codi croen gŵydd chwant unwaith eto.

'God, rho gora iddi,' griddfanodd, ac ewyllysio ei hun i eistedd i fyny ac ymbalfalu am ei nics. 'Ti'm 'di colli dy *knack*, ro i hynny i chdi.'

Tynnodd yntau oddi wrthi.

"Titha 'di dysgu amball i beth newydd 'fyd, o be wela i.'

Stopiodd ymbalfalu a syllu arno.

'Be ddudist ti?'

'Wel, ti'm 'di bod yn Mary Poppins tua Lerpwl 'na, o be dwi'n weld.'

'Am be ti'n sôn, Geth?' Doedd dim rhaid iddi ofyn mewn gwirionedd.

"Di cael tipyn o brofiad, ddudwn i.'

Cododd o'r gwely, ac estyn am dywel oddi ar y llawr. Siaradodd hithau'n araf a phwrpasol, a'r cynddaredd yn mudferwi yn ei llais.

'A be *ffwc* sgin hynny i neud efo chdi? Taswn i 'di bod yn cnychu efo hannar dynion Lerpwl?!'

Edrychodd arni hi, a'i lygaid yn oer. Yna, torrodd i wenu.

'Soriii. Ddylwn i'm 'di deud hynna.'

'Na ddylat!'

Tynnodd Myfi ei nics amdani, a sefyll, gan roi ei dwylo dros ei bronnau mewn ystum o wyleidd-dra (hwyr).

'Mistêc oedd neithiwr, ddylia fod o rioed 'di digwydd, Geth.'

'Doedda chdi'm i weld yn cwyno gormod.'

'Do'n i'm yn meddwl yn strêt. Ddigwyddith o'm eto.'

'Crap.'

'Sori?'

Anadlodd Geth allan, ac estyn amdani hi.

'Na, fi sy'n sori, Myf. Go wir 'ŵan. Bihafio 'tha hen fastad. Yli, ti isio fi cymaint â dwi isio chdi. 'Dan ni'n iawn efo'n gilydd. I fod efo'n gilydd, tydan?'

Cafodd Myfi'r teimlad cryf o rwyd yn cau yn araf amdani.

'Be, fatha Rhagluniaeth, 'lly? Ti 'di newid dy gân!'

'Paid â gneud sbort am 'y mhen i, Myf. Dwi'n haeddu gwell na hynna.'

Roedd hi wedi ei frifo, damia fo. Estynnodd ato a chyffwrdd ei fraich i liniaru chydig ar ei boen,

'Dwi'm yn barod, Geth. Dwi'm isio bod efo neb ar hyn o bryd. Ma 'na jyst gormod yn mynd mlaen. Ti'n medru dallt hynna, dw't? Ac Elliw dal allan yna…'

Nodiodd Geth ei ben y mymryn lleia, a throi at y ffenest.

Cerddodd Myfi am yr *en-suite* bach fel petai hi'n cerdded ar rew.

29

MYNNODD MYFI FOD Geth yn ei gadael wrth geg y lôn gul fwdlyd at Graig Ddu rhyw awr yn ddiweddarach. Wnaeth o ddim anghytuno. Roedd y ddau wedi teithio yn dawedog yn y car; ddim tawelwch cyfforddus braf ond tawelwch fel tasai rhywun arall yn eistedd rhyngddyn nhw, meddyliodd.

Teimlodd Myfi ychydig o embaras wrth gerdded am y tyddyn yn ei 'dillad noson cynt', er nad oedd ei dillad dêt efo Geth yn sgert fer a stiletos ystrydebol. Doedd hi ddim wedi teimlo embaras fel hyn ers iddi adael am Lerpwl, lle doedd na dyn na gwylan yn poeni'r un iot am lle roedd hi wedi bod nac efo pwy.

Wrth nesáu at Graig Ddu, arafodd ei cherddediad. Roedd 'na gar wedi ei barcio'n swat wrth ymyl talcen agosaf y tŷ, car doedd hi ddim wedi ei weld ers rhai wythnosau. Car Janet.

Fe roddai Myfi unrhyw beth i gael troi ar ei sawdl a pheidio mentro dros y trothwy i weld hon yn eistedd yn llancas yn y gegin efo'i thad. Ond doedd ganddi ddim dewis ond mynd i mewn. Ella byddai modd iddi hi sleifio fel hogan ysgol i fyny'r grisiau heb iddi gael ei gweld, meddyliodd.

Ella mai wedi anghofio rhywbeth oedd hi. Roedd 'na wastad geriach anghofiedig ar ddiwedd pob perthynas. Ond daeth yn amlwg o'r eiliad yr agorodd y drws fod traed Janet yn solet yn ôl dan y bwrdd yng Nghraig Ddu, a'r hen chwerthin gwirion rhwng Wil a hithau yn morio i'w chyfarfod.

'Myf, Myf! Sbia pwy sy 'ma! Sbia pwy sy 'di dŵad i 'ngweld i!' meddai Wil, ac roedd yn amlwg fod mwy na phanad o de wedi bod yn cael ei yfed. Roedd y ddau wydryn wisgi ar y bwrdd bron yn wag.

'Dach chi wedi bod yn ca'l hwyl i weld!' meddai Myfi'n sych, a throi oddi wrth y ddau oedd yn codi pwys arni.

'A chditha 'fyd, o'r golwg sy arnat ti!' atebodd Wil, a rhyw hen giglan gwirion i'w ganlyn. 'Pwy ydy'r dyn lwcus tro 'ma?'

'Meindiwch eich busnas!' atebodd Myfi, gan gychwyn allan o'r gegin i gyfeiriad y drws ffrynt.

'Ti'n mynd i adael iddi hi siarad efo chdi fel'na, Wil?' mwmiodd yr ast yn y llais isel oedd ganddi.

Teimlodd Myfi ei chynddaredd yn codi, a throdd i'w hwynebu.

'A be ffwc sgin hyn i gyd i neud efo chi?!'

Culhaodd llygaid Janet, ac edrych ar Myfi fel petai hi'n faw isa'r domen.

'Hen bryd i chdi ddechra arfer efo fi rownd lle 'ma, Myfi. Ma dy dad a fi yn ôl efo'n gilydd, rŵan. Tydan, Wil?'

Edrychodd Wil ar ei wydryn gwag am eiliad, cyn codi ei ben ac edrych ar Janet, a nodio. Edrychodd o ddim i gyfeiriad Myfi.

Yn y foment feichiog honno, chlywodd 'run ohonyn nhw Siwsi yn dod i lawr y grisiau. A doedd 'run ohonyn nhw wedi ei gweld yn dod i mewn i'r gegin tan oedd hi'n rhy hwyr. Tan iddi daflu ei hun i gyfeiriad Janet a dechrau ei dyrnu. Dyrnu a chwfflo fel petai'n trio'i lladd.

Myfi ynta Wil symudodd gynta i wahanu'r ddwy? Doedd hi ddim yn glir. A doedd hi ddim yn bwysig chwaith. Yn y chwyrnu a'r dyrnu a'r tynnu gwallt a'r melltithio, doedd dim arall i weld yn bod nac yn bwysig, heblaw am geisio cael y ddwy yma i ollwng gafael o'i gilydd cyn i un ladd y llall.

Wedi i Wil eu gwahanu, safodd y pedwar ohonyn nhw, pawb yn ymladd am ei wynt fel tasan nhw wedi rhedeg milltir. Sgyrnygodd Siwsi a Janet ar ei gilydd, ac atgasedd pur yn llygaid y ddwy.

'Sa rhywun yn licio deud wrtha i be sy'n mynd mlaen 'ma?' meddai Wil, gyda mwy o urddas nag yr oedd Myfi wedi'i glywed ganddo ers tro.

'Hon! Yr ast!' meddai Siwsi, a dechrau sgwario eto tuag at Janet.

'Be ddiawl ma'r hwran yma'n wneud yng Nghraig Ddu?' atebodd Janet yn ôl.

'Reit, dach chi'n meindio gada'l plis?' gofynnodd Myfi i Janet. 'I ni ga'l mynd at wraidd hyn.'

Trodd Janet at Wil, ac edrych yn daer i'w wyneb.

'Ti'n mynd i adael i Myfi 'nhroi i allan, a gada'l y slwtan yma aros yn dy dŷ di?'

Er mawr syndod i Myfi, nodio wnaeth Wil.

'Amsar i dawelu ma pawb isio rŵan, boi. A tydy hynny ddim yn mynd i ddigwydd os dach chi'ch dwy dan yr un to, nac'di? Beth bynnag ydy asgwrn y gynnen rhyngthach chi.'

'Paid â choelio gair ma honna'n ddeud! A phaid â disgw'l i mi ddŵad yn ôl ata chdi tra bydd honna'n dal yma!' poerodd Janet, cyn gafael yn ei chôt a martsio i gyfeiriad y drws ffrynt, gan rythu ar Siwsi wrth ei phasio. Mae'n siŵr nad oedd hi'n ddigon sobor i yrru, ond doedd gan Myfi ddim llawer o ots petai hi'n gyrru yn syth i mewn i glawdd ar ei ffordd adra.

Y funud clywodd Siwsi y drws ffrynt yn cau, suddodd i mewn i'r gadair agosa a dechrau crio, â'i chorff eiddil yn ysgwyd yn afreolus. Roedd hi'n ddeg munud arall cyn iddi hi dawelu digon i Myfi fedru gofyn unrhyw beth iddi hi.

'Sut ti'n nabod Janet, Siwsi?'

Cymerodd funud arall i fedru siarad rhwng yr igian crio.

'Ma hi'n un ohonyn nhw!'

'Un ohonyn nhw be, d'wad?' gofynnodd Wil yn ddryslyd.

'Yn un o'r bas... bastads gang 'na, ia!'

'Gang? Pa gang?'

'Y gang sy'n trio ca'l HQ yn yr ardal 'ma, ia! Y Cwcws.'

Safodd y drindod yn fud am eiliad, a Siwsi yn dal i anadlu'n gyflym. Myfi siaradodd gynta.

'Janet? Go wir, Siwsi?'

'Sori, sa rhywun isio deud wrtha i am be ddiawl dach chi'n siarad?' meddai Wil mewn penbleth.

Daeth Myfi i'r adwy.

'Ma'r petha County Lines yma'n amal yn trio ca'l lle, rhyw fath o hafan lle fedran nhw weithredu ohono fo, Dad.' meddai.

'Aclwy! Mi gân job. Sa uffar o nunlla ar rent dyddia yma fel ma hi!' ategodd Wil, ond o edrych ar wynebau Siwsi a Myfi, ysgydwodd ei ben drachefn. 'Dwi'm yn dallt nac'dw? Sut fath o "hafan"?'

Tro Siwsi oedd egluro mwy.

'Ma nhw'n cymryd rhwla drosodd, ia, yn cymryd tŷ rhywun drosodd er mwyn iddyn nhw fedru gweithio o fan'na, ia? Gwerthu.'

'Gwerthu drygs?' gofynnodd Wil, a'r geiniog yn disgyn fel boldar aur.

Nodiodd Siwsi.

'Ond be sgin Janet druan i —'

'Blydi hel, Dad, dio'm yn amlwg! Ma hi'n fficsar iddyn nhw!

Ma hi 'di bod yn swcro chdi, do? Yn dy baratoi di 'tha twrci Dolig ar gyfer ca'l Craig Ddu fel hafan i ddelio a dosbarthu drygs.'

Ysgydwodd Wil ei ben.

'Ti 'di bod yn sbio ar ormod o ffilms, Myf.'

'Gwrandwch arnan ni!'

'Naci, naci, ti'n rong yn fan'na, sti, Myf. Fasa Janet ddim yn iwsio fi fel'na.'

Plygodd Siwsi ato a rhoi ei llaw ar ei fraich.

'*Too right* basa hi! Ma'n *textbook*, Wil. Sori, 'de, ond mae o!'

Syllodd Wil arnyn nhw, o'r naill i'r llall, ac yna cododd.

'Dwi am fynd i orwadd lawr am rhyw chydig, boi. Ma'r blydi wisgi ma 'di dechra codi cur mawr yn 'y mhen i, yli.'

A cherddodd am y grisiau, fel dyn wedi torri.

'Siŵr bo chdi 'di sbwylio ei phlania hi, do? Yn cyrra'dd adra fel'na. A chwaer chdi —'

'Elliw.'

'Ia… ym… Elliw yn mynd ar goll fel'na, ia? Cops yn bob man. Not ideal.'

'Ond pam sa hi'n dŵad yn ôl rŵan, 'ta?'

'*Long game*, ma siŵr. Petha'n dechra mynd yn ddistaw, efo chwaer chdi 'di mynd mor hir. Meddwl ella sa hi'n medru ailddechra'r peth efo Wil.'

Nodiodd Myfi. Be oedd yn taro fel gordd yn ei phen oedd y ffaith fod Siwsi yn siarad am Elliw fel petai'n nabod dim arni. A'r sylweddoliad hefyd fod Siwsi yn llygad ei lle bod diddordeb yr heddlu wedi dechrau pylu.

Roedd 'na fai arni hi. Doedd? Dio'm yn iawn bod rhywun yn medru deud be lecia nhw, yn gneud geiria'n fwledi i frifo. Roedd 'na fai arni hi.

'Crap yn gwely. Watsia mi ddeud wi th bobol!'

A'r ffordd roedd hi wedi gwenu wedyn, a'r sglein yn ei llygaid wrth iddi weld ei bod hi wedi taro'r marc. Wedi blasu gwaed. Ella na hynny oedd y peth gwaetha, yn fwy na be oedd hi'n ddeud hyd yn oed. Y ffaith ei bod hi'n mwynhau, yn llyfu ei gweflau wrth fy ngweld i'n gwywo o'i blaen hi. Yn defnyddio'i rhywioldeb i 'mychanu fi. Ast.

Ond fasa neb isio clywed hynny na fasa? Neb isio clywed yr ochr arall. Ei bod hi wedi 'ngwthio fi.

Wedi gwthio a gwthio.

30

ROEDD HI'N DECHRAU smwcan bwrw wrth iddi gamu allan o'r tŷ, a'r tywydd yn cau yn niwl amdani wrth iddi gerdded. Doedd o'n poeni dim arni. Cododd ei phen i fyny i'r awyr, a chau ei llygaid am rai eiliadau, gan fwynhau teimlo'r dafnau oer yn syrthio'n braf ar ei hwyneb. Teimlo dim arall am funud.

Roedd pob dim i weld yn gwneud synnwyr. Y llun jig-so erchyll yn dechrau ymffurfio wrth i'r darnau ddisgyn i'w lle. Wil yn feddw bob tro roedd o yng nghwmni Janet, a'r ffordd yr oedd o wedi llwyddo i gael dros ei feddwdod yn syth ar ôl iddi hi fynd oddi ar y sin. Doedd wybod be oedd hi'n ei roi yn ei wisgi o er mwyn gwneud yn siŵr ei fod yn fwy meddw na hi. Ei bod hi'n medru bod mewn rheolaeth. Er mwyn iddi fedru meddiannu Craig Ddu.

Ysgydwodd ei phen. Roedd o'n ymylu ar y chwerthinllyd, mor ddiarth oedd y syniad o fyd caled cyffuriau yn ymyrryd ar ei thad o bawb. Ar Graig Ddu. Ond roedd hi wedi gwneud digon o waith ar straeon Linellau Sirol i wybod bod bydoedd anghydnaws yn medru dod at ei gilydd yn y ffyrdd mwya dieflig.

Doedd ganddi ddim syniad i ble roedd hi'n mynd, a doedd hi ddim yn poeni. Roedd rhoi un droed o flaen y llall yn ddigon, a phob cam yn mynd â hi yn bellach o'r sefyllfa yn y tyddyn.

Clywodd gryndod yn ei phoced. Shit. Mae siŵr bod ei thad yn trio cael gafael arni, yn gofyn iddi ddŵad yn ôl adra. Yn ôl y byddai hi'n mynd, wrth gwrs. Ac mae'n siŵr y basai'n well iddi hi gysylltu efo'r heddlu hefyd er mwyn eu cael i sicrhau fod Janet yn cael ei hatal rhag gwneud mwy o ddifrod, a difetha mwy o fywydau. A doedd dim modd iddi hi amddiffyn Siwsi erbyn hyn chwaith, ymresymodd. Un peth oedd cadw integriti ei ffynonellau fel newyddiadurwr, ond peth arall wedyn oedd peidio rhoi gwybod i'r heddlu am rywun oedd â thystiolaeth angenrheidiol am fusnes budur puteindra a chyffuriau, cyffuriau oedd wedi glanio ar stepan drws Craig Ddu.

A ph'run bynnag, roedd Siwsi wedi ei thwyllo hi. Wedi dweud ei bod yn nabod Elliw, yn ei chofio hi, yn gweld ei hwyneb yn wyneb Myfi. Ac roedd hi mor amlwg erbyn hyn mai ffordd i glosio at Myfi oedd y cwbwl. I drio achub ei chroen ei hun a chael dianc rhag y garafán a'r giang oedd yn ei dal yn gaeth yno. Ac eto pwy welai fai ar Siwsi mewn gwirionedd, yn y sefyllfa ofnadwy roedd hi ynddi?

Dirgrynodd y ffôn unwaith eto. Roedd yn mynd i fod yn anodd iddi anwybyddu Wil yn llwyr. Ag un ferch ar goll, creulon fasai gwneud iddo boeni amdani hithau hefyd.

Estynnodd y ffôn allan o'i phoced. Nid neges gan Wil oedd yna, ond gan Ed:

PHONE ME MYF!

Be roddai am gael coflaid gynnes gan Ed ar y funud hon, a chael ymgolli yn ei soletrwydd! Ond doedd dim cysurlon yn y neges, dim ond brys.

Roedd hi wedi cyrraedd ymhell o Graig Ddu, a'r lôn tarmac fach yn gwyro i fyny ochr y mynydd, fel gwythïen lwyd. Pwysodd yn erbyn wal gerrig isel oedd yn ffinio cae, a'r weiren bigog wedi ei thaenu'n ddigon blêr ar dop y wal, rhag ofn i ryw ddafad ffansïo ehangu ei gorwelion.

Dechreuodd deipio ateb Ed yn ôl, yn awgrymu amser

i sgwrsio, ond cyn iddi fedru teipio mwy na rhyw ddau air, daeth neges arall a newidiodd pob dim. Doedd hi ddim yn nabod y rhif.

CARAVAN. HELP.

Syllodd Myfi ar y geiriau.

Doedd dim dwywaith mai hi oedd wedi gyrru'r neges. Ac roedd rhywbeth affwysol o ddesbret yn y ddau air roedd hi wedi eu hanfon. Neges wedi ei theipio ar frys. Neges mewn argyfwng.

Dechreuodd Myfi gyflymu ei cherddediad i fyny i gyfeiriad y mynydd, fel oedd y glaw yn dechrau stido, nes yn y diwedd, roedd hi'n hanner rhedeg i fyny llwybr y mynydd.

Doedd dim byd anghyffredin i'w weld yn y goedlan fach gyfrin. Unwaith iddi gamu i mewn iddi, tynnodd hwd ei chôt i lawr, a theimlo'r coed yn cau amdani, ac yn cau allan y glaw a'r niwl oedd yn hofran fel bleiddiaid ar y cyrion. Unwaith eto, roedd pob sŵn hefyd yn cael ei sugno i fewn i'r gwyrddni, er bod y canopi dail yn deneuach rŵan bod y gaeaf yn nesáu, ac ambell nyth brân blêr yn nodau igam-ogam abswrd rhwng y canghennau. Yno oedd y garafán o hyd, yn edrych yn ddim gwahanol i pan wnaeth Siwsi a hithau adael y lle ar frys ychydig dros wythnos yn ôl.

Wrth iddi hi nesáu, sylwodd fod y drws yn gilagored. Doedd gan Siwsi ddim goriad i gloi'r lle, wrth gwrs, ac er iddi gau'r drws ar ei hôl, debyg iawn fod awel y mynydd wedi chwipio'r drws ar agor. Neu ella mai Elliw...

Er ei bod yn teimlo fel rhuthro yn ei blaen a thaflu'r drws a'i breichiau ar agor led y pen, mentro ymlaen yn bwyllog wnaeth hi, gan symud fel cath, a'i llygaid yn gwibio i'r chwith ac i'r dde.

Wedi cyrraedd y garafán, roedd curiadau ei chalon yn

swnio'n fyddarol yn ei chlustiau. Gwthiodd y drws ar agor yn araf.

'Ell?' sibrydodd. 'Elliw?'

Aeth i mewn. Roedd y lle yn wag eto. Ac yna ar ymyl y bwrdd bach oedd rhywbeth nad oedd hi wedi sylwi arno ynghynt: mochyn bach pinc porslen, a'i gorff wedi ei rannu i fyny, a'i labelu mewn inc du. Fersiwn bychan o'r un roedd hi wedi ei weld yn swyddfa Joe Keegan. Aeth ato, a'i ddal yng nghledr ei llaw, gan deimlo'r porslen yn oer yn erbyn ei chroen.

Digwyddodd pob dim mor sydyn wedyn. Daeth Myfi'n ymwybodol o boen ofnadwy yng nghefn ei phen, ac yna roedd rhywun yn ei gwthio'n egr i mewn i'r garafán. Roedd llais hefyd. Llais Sgowsar. Yn ei rhegi a'i melltithio. A chlywodd Myfi rhywbeth am 'meddling little hack' a'r ffaith ei bod allan o'i dyfnder. 'Pathetic little Welsh bitch!' Taflwyd hi ar y llawr.

Ceisiodd Myfi graffu i fyny drwy'r boen yn ei phen ar y dyn oedd yn sefyll uwch ei phen, ond cafodd gic yn ei hasennau wnaeth iddi wingo a chrebachu.

Ac yna roedd o wedi mynd, gan gau'r drws ar ei ôl. Gorweddodd Myfi lle roedd hi ar lawr y garafán am funudau lawer, gan ddisgwyl i'r boi ddod yn ôl. Chwibanai'r gwynt yn watwarllyd yng nghorneli'r ffenestri. Teimlodd Myfi gefn ei phen gyda'i bysedd, a gweld ei bod yn gwaedu'n reit helaeth.

Llusgodd Myfi ei hun drwy'r boen yn ei phen i drio rhesymu. Doedd dim rhaid bod yn athrylith i ddallt ei bod hi wedi cael ei denu yma fel gwyfyn at olau, i ddial arni am fod yn 'hac', am adael y gath allan o gwd drewllyd cyffuriau. Roedd Joe Keegan yn y potas wrth gwrs, ond roedd Gwen hefyd, fel yr unig un oedd wedi medru nabod cynnwys y blog 'di-enw'. Sut oedd hi wedi bod mor dwp? Ond sut oedden nhw'n gwybod

bod dweud 'Caravan' wrth Myfi yn mynd i'w harwain yn syth i'w dwylo? Oedd Siwsi wedi ei bradychu eto? Pa fantais fasai hynny iddi? Ac yna cofiodd am Janet.

Roedd Myfi yn canolbwyntio cymaint ar ddilyn edafedd ei meddyliau fel na sylwodd ar yr oglau mwg i ddechrau. Chlywodd hi ddim y sŵn clecian chwaith tan iddo dyfu a dechrau amgylchynu'r garafán.

Gydag ymdrech fawr, â phob modfedd ohoni'n brifo, llusgodd ei hun ar draws y llawr a rhwygo'r llenni ar agor. Roedd y fflamau yn dechrau llyfu ochr y garafán yn farus, ac wedi cyrraedd gwaelod y ffenest yn barod.

Heb feddwl ddwywaith, dechreuodd Myfi dynnu ei hun ar draws y llawr i gyfeiriad y drws, gan drio meddwl oedd hi wedi clywed y boi yn cloi'r drws cyn iddo adael. Doedd dim posib iddi gofio, ond roedd yn werth trio'r handlen rhag ofn. Edrychodd yn ôl ar y ffenest, a'r fflamau yn tyfu yn uwch ac yn uwch erbyn hyn, gan fygwth cuddio'r ffenest yn llwyr. Roedd plastig y fframiau yn dechrau toddi, a phlastig y ffenestri yn ymchwyddo allan efo'r gwres.

Cyrhaeddodd Myfi at y drws, a chrafangu'n drwsgwl am y nobyn bach i'w agor. Roedd ei bysedd gwaedlyd yn llithro drosto, yn troi i'r chwith ac yna i'r dde, ond ddim yn cael gafael digonol i fedru gwneud iddo droi. Os oedd troi arno. Roedd clecian y tân yn fyddarol, a'r mwg du wedi dechrau treiddio i mewn i'r garafán, gan lenwi ei gwddw a'i ffroenau.

Ac yna agorodd y drws o'i blaen. Roedd rhywun yn sefyll yno, a dechreuodd ei thynnu allan gerfydd ei chôt ar hyd y llawr i ddechrau, ac yna ei chodi a rhedeg efo hi yn ei freichiau ymhell bell, at gyrion y goedwig. Caeodd Myfi ei llygaid, gan fod plethora'r brigau uwch ei phen yn gwneud iddi deimlo'n chwil a sâl. Roedden nhw wedi cyrraedd ymyl y goedlan fach pan ffrwydrodd y garafán yn ufflon.

Mor dena ydy rhuban bywyd rhywun. Gwahaniaeth bach ydy o. Rhwng bod a pheidio â bod. Pawb yn lordio ac yn cymryd risgs fel tasa marw yn rhywbeth sy'n digwydd i rywun arall. Fel tasa cymryd bywyd rhywun arall yn rhywbeth mor anodd fel nad oes angen poeni amdano fo, dim angen bod yn ofalus ohono fo.

Ond ma rhuban bywyd yn frau. Yn syndod o frau. Esgyrn gwddw fel styllod. Y croen yn feddal fel mwsog. A'r llygaid… Y llygaid yn edrych arna i fel taswn i'n rhywun arall. Yn fy mharchu fi rŵan. Yn gweld mai gin i ma'r pŵer yn y diwedd. Fi sy'n bwerus, yr un efo bywyd rhywun arall yn gwywo dan ei fysedd.

Ac wedyn ei thro hi ydy troi yn rhywun arall. Yn hyll rŵan, Yn erchyll o hyll yn ei brwydr i gael byw. Yn wyneb sydd â'r croen yn troi'n goch ac yna'n wyn…

ac yna'n las…

Yr olwg yna yn ei llygaid pan mae hi'n sylweddoli…

Pan mae hi'n dallt.

31

BEICHIO CRIO WNAETH Myfi. Plygu ei phen yn ôl, ac udo fel ci.

Gwasgodd Geth hi ato ar ôl iddi orffen, a mwytho ei hwyneb yn dyner fel tasai'n mwytho plentyn bach.

'Dyna chdi, 'na chdi, boi. Ti'n ocê rŵan.'

'Do'dd Elliw ddim…'

'Nago'dd. Wn i, Myf. Sssshhhhhh.'

A llithrodd Myfi i ddistawrwydd mawr yn ei freichiau.

★★★

Pan ddeffrodd, roedd hi'n ymwybodol o sŵn y gwynt unwaith yn rhagor, a meddyliodd am eiliad brawychus ei bod yn ôl rhywsut yn y garafán. Ond drwy gil ei llygaid, gwelodd mai yn Land Rover gwaith Geth oedd hi, ac roedd yn wynebu tonnau cynddeiriog Aberdesach, oedd yn sgubo tuag ati. Edrychai tri chopa mawreddog Yr Eifl i lawr arnynt o'r de-orllewin.

Roedd Geth yn siarad.

'… a wedyn pan wnaeth hi droi fel'na… deud bod hi'm isio fi, bod hi'n mynd i ddeud pob dim wrtha chdi… Deud bob dim…'

Doedd o ddim yn edrych arni, ond yn syllu ar y môr wrth siarad, fel petai'n siarad efo'r môr ac nid efo hi. Caeodd Myfi ei llygaid drachefn, cyn iddo sylweddoli ei bod wedi deffro a'i glywed. A gadael i lifeiriant ei eiriau olchi drosti drwy'r boen a'r curo yn ei phen.

'Troi un ffordd, 'de. Gneud un peth yn lle peth arall. Mor hawdd, sti. Mor blydi hawdd. A fedra i jyst ddim meddwl ma fi... Dwi'm fatha'r lleill nac' dw? Dwi'm yn... Troi un ffordd yn lle llall wnes i. Troi ati hi un noson feddw. Gweld hi'n debyg i chdi, Myf. Dyna o'dd. Gweld chdi ynddi hi... Croesi'r blydi linell rywsut, a wedyn... Ond dwi'n caru chdi gymaint, Myf. Yn caru chdi gymaint!'

Bu'r ddau yn eistedd yno mewn tawelwch am rai munudau, Myfi a'i llygaid ynghau a Geth ynghlwm yn ei euogrwydd.

Ac yna cychwynnodd Geth yr injan eto. Diolch byth, meddyliodd Myfi. Diolch byth 'mod i'n mynd i fedru mynd adra i Graig Ddu. Doedd hi ddim yn mynd i gymryd arni ei bod yn effro ac wedi clywed y cwbl. Ond y funud y cyrhaeddai Craig Ddu, fe fyddai'n ffonio'r heddlu'n syth. Roedd ei meddwl yn hercian fesul cam, yn meddwl yn oeraidd bragmataidd am sut i gael allan o'r sefyllfa. Allai hi ddim dechrau meddwl am oblygiadau yr hyn roedd Geth newydd ei ddeud. Am Ell... Amdana fo ac Ell... Am Ell yn gwywo dan ei fysedd...

Ond dechrau symud yn ei flaen wnaeth y car yn lle bagio i droi rownd. Symud yn ei flaen yn araf ond yn bwrpasol, ymlaen dros y cerrig mawr crynion i ddechrau, yna ar hyd y graean a'r tywod gwlyb. Ymlaen ymlaen heb stopio rhag ofn i'r teiars fynd yn sownd. Ymlaen ymlaen, a'r tonnau'n llarpio tuag atynt, ac am y gorau i'w cofleidio.

'Geth! Be ddiawl?'

'Well fel hyn, Myf. Wcll i ni'n dau fel hyn, sti. Efo'n gilydd. Am byth 'de. Fel 'dan ni i fod...'

Pan glywodd y ddau y llais Saesneg llawn panig yn rhedeg tuag atyn nhw, yn gweiddi'n uwch na dwndwr y tonnau, edrychodd y ddau ar ei gilydd. Ac yna roedd perchennog y llais yno, yn locsyn ac yn gap toslyn i gyd, yn cnocio ar y ffenest ac yn trio'r drws ochr Myfi er mwyn ei rhyddhau. Edrychodd Myfi ar ei lygaid brown yn grwn gan fraw, fel petai'n edrych ar olygfa oedd yn ddim byd i'w wneud efo hi.

Yna clywodd Geth yn rhwygo ei ddrws ar agor, ac yna roedd o'n rhedeg a hanner baglu, drwy'r dŵr bas i ddechrau, ac yna ar draws y gro a'r tywod gwlyb i'r cyfeiriad arall.

32

'T I'N IAWN, MYF?'

Gwasgodd ei thad ei llaw yn dynn, dynn, fel petai byth yn mynd i adael iddi fynd.

Roedden nhw'n sefyll ar y rhiniog yng Nghraig Ddu.

'Mi ddo i adra mewn rhyw bythefnos. A phob pythefnos wedyn.'

'Sdim rhaid chdi, sti.'

'Dwi isio.'

Roedd o wedi bod yn gynhebrwng mawr. Wrth gwrs. Pobol o'r un oed ag Elliw, wedi trio gwisgo'r dillad tywyllaf oedd ganddyn nhw, chwara teg, eu hwynebau yn llwyd a'u llygaid yn bŵl. Daeth pobol oedd wedi bod yn yr ysgol efo Myfi hefyd, a'r gymdogaeth i gyd wedi dod, i ddangos eu cefnogaeth, hanner ohonyn nhw'n perthyn o bell i deulu Craig Ddu. Mi welodd Myfi hyd yn oed Siân Poncia yn eu mysg, a'i gwallt Sali Mali yn sefyll uwchben y dorf yn eu cotiau duon.

Yr unig beth oedd yn gwneud yr angladd yn un anarferol, heblaw am faint ac oedran y dorf, oedd presenoldeb aelodau o'r heddlu mewn lifrai, a DC Haf yn dawel broffesiynol, chwarae teg, wrth sicrhau fod Myf a Wil yn ymdopi.

Roedd Myfi wedi bod yn falch o Ed ar un ochr iddi, yn gynnes, yn saff, a'i thad yr ochr arall, yn gafael yn dynn yn ei braich. Cafodd goflaid gynhesa'i bywyd gan ei mam, ond nodiodd Sylvia ei phen wedyn cystal â deud 'Dowch i ni gael gwneud hyn', a gwelodd ei hwyneb yn ymwroli ac yn caledu drachefn. Roedd hyd yn oed llygaid Bill wedi'u llenwi, er ei fod wedi ymatal rhag gadael i'w ystum cefnsyth wyro. Mi fasai Elliw wedi gwenu a rowlio'i llygaid.

Doedd Siwsi ddim yn teimlo y gallai ddŵad i'r angladd, meddai hi. Wnaeth Myfi ddim holi ymhellach. Doedd ei hanwiredd ddim yn bwysig erbyn hyn. Erbyn i bawb gyrraedd adra wedyn, roedd Siwsi wedi gadael, gan fynd â dyrnaid o bapurau ugain punt o'r jwg yn y parlwr efo hi. Roedd ei phresenoldeb fel aderyn prin yn llechu yn y corneli am ddyddiau wedyn.

Chymerodd hi ddim yn hir i Geth gyffesu, diolch byth. Roedd o wedi gwasgu'r bywyd allan o Elliw wrth iddi ddeud ei bod yn mynd i gyfadda wrth Myfi beth oedd wedi bod yn mynd ymlaen. Cwlwm cariad oedd wedi gwasgu'n rhy dynn. Perthynas ddylai erioed fod wedi dechrau yn diweddu fel na ddylai erioed fod wedi diweddu. Roedd Myfi wedi darllen am y peth sawl gwaith, a hyd yn oed wedi sgwennu ei hun am un achos yn Bootle. Mi gymerai amser iddi fedru derbyn nad stori rhywun arall oedd stori Geth ac Elliw.

Roedd Myfi wedi mynd yn ôl at y goedlan wedyn, er bod Haf wedi ei chynghori i beidio. Roedd tâp gwyn a glas yr heddlu yn amgylchynu mangre ym mhen draw'r patsyn coediog, ddim ymhell o'r sgwaryn du llosgedig lle'r arferai fod carafán fach fudur yn berwi o gyfrinachau. Moesymgrymai'r coed duon o gwmpas y bedd bas petryal.

Doedd dim modd i Myfi fynd yn nes, wrth gwrs, ac roedd hi'n ddiolchgar o hynny, ac o'r babell wen fach a godwyd i guddio'r fan lle roedd y corff.

Ond rŵan roedd yn amser iddi ddychwelyd i Lerpwl. I'w hen fywyd fasai byth yr un fath eto.

'Ready for the off?' gofynnodd Ed, gan ymddangos o'r tŷ y tu ôl iddi, a gwenu.

Nodiodd Myfi.

'To'dd hi'm yn mela efo'r petha County Lines yna'n diwedd, 'lly, nag oedd? O'n i'n gwbod fasa hi ddim, sti,' meddai Wil.

'Nag oedd, Dad,' meddai Myfi. A doedd dim geiriau eraill i fod.

Rhoddodd Ed ei law ar fraich Wil.

'You take care, Wil. And we're only a phone call away, you remember that!'

Nodiodd Wil yn ddiolchgar, a cherddodd Ed ymlaen at y car.

'Ella fedri di ddysgu dipyn o Gymraeg i hwn, Myf,' meddai Wil.

'Bendant,' meddai Myfi dan wenu. 'Dyna sy nesa ar y rhestr!'

'A chymra di ofal yn yr hen ddinas 'na!' meddai Wil, a chwarddodd y ddau ar y geiriau roedd Wil wedi eu deud bob tro roedd Myf wedi gadael am Lerpwl.

'Cefn gwlad 'ma sy'n beryg bywyd, os dach chi'n gofyn i mi, Dad!' meddai Myfi, a difrifolodd y ddau yn syth.

'Sori!' mwmiodd Myfi, a derbyniodd ei thad ei 'sori' gydag amnaid.

'Mi ro i wbod i ti munud glywa i rwbath am yr achos,' ategodd Wil. 'Peryg ma ochra Caer 'na fydd o, sti.'

'Do's wbod nag oes, Dad?'

'Ac am bod Gethin 'di cyfadda a ballu, hw'rach fydd o'm yn hir, sti.'

'Gawn ni weld sut eith hi, ia?'

'Ia, 'na chdi, boi. Gawn ni weld sut eith hi.'

Edrychodd Wil y tu hwnt iddi, allan ar wastadedd Sir Fôn yn y pellter, a'r Fenai yn rhuban llwyd.

'Fyddwch chi'n iawn? Yng Nghraig Ddu 'ma ar ben 'ych hun?'

Edrychodd yn ôl arni wedyn.

'Fydda i ddim yn hollol ar 'y mhen 'yn hun, na fydda, boi? Fyddwch chi i gyd efo fi rwsut, sti.'

Ac yna ymhen dau funud, roedd Myfi yn eistedd yn y sedd drws nesa i Ed. Trodd i godi llaw ar ei thad, ond roedd o eisoes wedi diflannu i mewn i'r tŷ.

Hefyd gan yr awdur:

£7.99

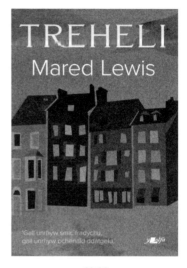

£8.99

£5.99

£8.95

Holwch am bris argraffu!
www.ylolfa.com